四賀光子の短歌と生涯

堀江玲子

現代短歌社

四賀光子（90 歳）
昭和 49(1974)年 5 月　勲四等宝冠章受章記念

流らふる大悲の海によばふこゑ時をへだてて なほたしかなり　四賀光子

東慶寺歌碑

九十年生き来しわれか目つむれば遠汐さるの音ぞきこゆる　光子

東慶寺の太田家御墓

不二を正座に八つと甲斐駒待立志て雲のどん帳志つ可に下りくる　光子

長野県諏訪市「文学の道公園」

只一人ゆく砂はまの一歩〳〵己れみづからの作りゆく道　光子

四賀小学校百年記念に光子が贈った短歌の歌碑

四賀光子生家跡
長野県諏訪市四賀

四賀光子

女流三歌人の歌碑（塩尻市広丘歌碑公園）

鉢伏の山を大きく野にすゑて秋年々の
つゆくさの花　光子

春鳥のいかるがの声うらがなし芽ぶき
けぶらふ木立の中に　喜志子

いく重やまみやまの奥の山ざくら
松にまじりて咲きいでにけり　みどり

凡例

○参考文献の引用は各章の終りに記した
○原則として引用文、引用歌の字体、仮名遣いは、原本に従った
○短歌のふり仮名は原本に従った
○作者の年齢は歌集の年表に従った

目次

四賀光子の短歌と生涯

一　東慶寺に四賀光子の歌碑を訪ねて
――はじめに――

平成九年八月五日、鎌倉の空は一日曇っていた。時々薄日は射すが、気温はたいして上らず、八月の土用としては過ごし易い。

東慶寺に、太田水穂と四賀光子のお墓参りに行き、四賀光子の歌碑を見てきたいと思ってから、すでに三ヵ月が経ってしまった。夏もたけなわの八月初め、私は思い切って北鎌倉の駅に降り立ち、真直ぐに東慶寺を目指した。

東慶寺は臨済宗円覚寺派のお寺で、松岡山東慶総持禅寺と言われる。開創は一二八五年（弘安八年）、開山は北条時宗夫人覚山尼《かくざんに》である。覚山尼は貞時の母であり、執権貞時に縁切寺法を説き、夫に苦しめられている女性の救済のため寺法を定めた。明治に至るまで男子禁制の尼寺であり、駆込み寺、縁切り寺として名高い。歴代の住持には、第五世の後醍醐天皇の皇女用堂尼、第二十世の豊臣秀頼息女天秀尼、その他足利氏の息女があり、寺格が高く松ヶ岡御所と称された。明治になってから寺法は廃され、男僧が住職となっている。

駆込み寺の石段を下から仰いでみた。そして鎌倉の昔から幾多の女性が駈け登っていったであろう石段を、一気に上ってみた。昔ながらの山門をくぐると、目の前に梅林がある。夏の梅の木は緑濃く茂っていた。

たしか昭和四十年代の初めの頃、中野菊夫先生御指導の三鷹の万葉の会で春の鎌倉を歩いたことがある。三月三日だったことはおぼえているが、何年であったかは忘れてしまった。ちょうど梅の花の真盛りで、山門をくぐった瞬間、咲きつづく満開の紅梅の花がぱっと目に入り、一瞬夢のような気持になったことをおぼえている。あの時の清浄な梅の花の美しさは今でも忘れられない。梅の花はあれからも変ることなく咲いている。

さて、山門をくぐった左手に鐘楼があり、手前に田村俊子の碑がある。

この女作者はいつも
おしろひをつけてゐる
この女の書くものは
大がひおしろひの中から
うまれてくるのである
田村俊子

と、自然石に白く刻されている。

右手の庫裡へ行って、御朱印帳を頼みがてら、太田水穂のお墓と四賀光子の歌碑の場所を教えていただき、確認する。

東慶寺の境内はよく手入れされ、清々として静かである。尼寺にふさわしく、ナデシコの花がここかしこに優しく咲いている。可憐なピンクの花の姿は、忘れかけていたものを呼びさましてくれるようだ。本堂に入る門の手前右側に四賀光子の歌碑が建っていた。

東慶寺開山覚山尼讃歌

流らふる大悲の海に
よばふこゑ時をへだてて
なほたしかなり

四賀光子

と、丈高い石に彫られている。真面目で端正な気品のある字である。歌碑の前には、名の知らぬ小さな木が茂っている。黄の花が一輪ほど残っているだけで花は終り、枝の先に実をつけている。碑の裏には次のように書かれていた。

四賀光子は太田水穂夫人で本名は太田みつ
先師水穂と共に歌誌潮音によって後進
を指導されて五十余年先年潮音社友
の間に謝恩の歌碑建立の儀の起り夫人
の希望によって菩提寺開山覚山尼讃

歌の碑を建てた次第である
　昭和四十四年十月十二日
　　潮音社同人社友並に有志

東慶寺は、太田家の菩提寺なのである。

松岡宝蔵は、職員研修のため臨時休館だったので、そのまま境内を奥へと歩いていく。道の傍らには、白と青色の桔梗の花が咲き、山の風に揺れている。杉木立と竹林に囲まれた墓地は静寂そのものだ。たまさかに人が訪れ、静かにまた去っていく。右手の山腹に、後醍醐天皇用堂女王墓、覚山尼、天秀尼の石塔がある。

太田水穂、四賀光子のお墓は左手の奥から三番目にある。かつて三鷹の万葉の会で東慶寺を訪れた際、中野先生が水穂や田村俊子のお墓を案内して下さったことなど、記憶の底からなつかしくよみがえってくる。正面に水穂居士の石塔が建ち、その左側に水穂の歌碑、右側に光子の歌碑が並んでいる。

　何事を待つべきならし何事も
　かつがつ思ふ程は遂げしに　水穂

変体仮名を使って二行に書かれている。最後まで自己の主張をうちたて貫いた水穂にふさわしい歌かと思った。歌は歌集『双飛燕』の中の一首である。光子の短歌は六行に散らされている。

光子

九十年
生き来し
われか
目つむれば
遠汐さゐの
音ぞきこゆる

歌は、「遠汐騒」の中の一首。太田青丘の「遠汐騒巻末記」によると、この歌は数え年九十の時の述懐の作とのことである。

『長野県文学全集 4 短歌編〈I〉』(注1)の四賀光子の項の解説には「長い年月を生き抜いてこられた光子の計り知れない感慨がうたいこまれている。焦らず然し怠らず、という光子の生きかたが遠汐騒の間に間に見え隠れする。昂らず言うべきことはきちんと言う強靭な意志の持主であったが、反面、包容力があり優しい女らしい面をも備えていた」と、伝田幸子が書いている。

墓地の左側の墓誌の最後に太田青丘の名が見える。水穂は昭和三十年一月一日に、光子は昭和五十一年三月二十三日にこの世を去っているが、青丘は平成八年十一月十五日死去した。享年八十七と刻んである。

この後、岩波茂雄、和辻哲郎、西田幾多郎、鈴木大拙、田村俊子、川田順などのお墓にも手を合せ、帰途についた。

八月の東慶寺の山はすべてみどり、全山蟬の声に包まれている。一口に蟬の声といっても、何種類かの啼き声が混じっている。

盛りあがりやがてくづるる蟬の音を秋潮のごとくおもひ涼しむ

『流鶯』の中の水穂の歌である。また光子には

ひぐらしの一つが啼けば二つ啼き山みな声となりて明けゆく

の歌がある。歌集『麻ぎぬ』の中の一首だ。強くなり弱くなり、また強く盛り上がってくる蟬の声の中、湿った石段を下りていった。

石段をふみのぼりゆく目のうへに杉あり杉のたかき青空

瑞泉寺での水穂の歌そのままの東慶寺だ。

太田水穂も四賀光子も、共に長野県に生まれた大歌人であるが、戦後鎌倉に戻り、今は東慶寺に眠っているのである。

注1　『長野県文学全集』第Ⅳ期詩歌編第4巻　短歌編〈Ⅰ〉（著者・伊藤左千夫ほか。編集委員・田井安曇、東栄蔵。一九九六年十一月十八日発行。郷土出版社）二六二頁

二　生いたち

「潮音」の母ともいわれた歌人四賀光子は、明治十八年四月二十一日、父の任地長野市に生まれた。本名は太田みつ。本籍地は長野県諏訪郡四賀村神戸である。父・有賀盈重《みつしげ》、母・万代《まよ》の次女で、姉一人弟妹五人があった。

ここで先ず、四賀光子の略歴を簡単に記しておきたい。光子は、長野県師範学校女子部卒業後、小学校教員となるが、太田水穂を知って「この花会」の一員となり作歌の道に入る。明治三十八年（二十一歳）、東京女子高等師範学校文科に入学、四十二年卒業し、太田水穂と結婚する。明治四十五年より昭和七年まで東京府立第一高等女学校に勤める。大正四年、水穂が「潮音」を創刊するや同人として参加し、以後一生「潮音」の仕事に携わり、潮音の発展のために尽した。昭和三十年水穂歿後は「潮音」主幹、昭和三十九年潮音顧問となり、養子の太田青丘と共に「潮音」の編集に当たった。昭和三十二年より昭和四十年まで宮中歌会始の選者も勤めている。昭和四十九年卒寿、勲四等宝冠章が授与された。昭和五十一年三月二十三日、九十二歳（数え年）の長寿を全うしてその一筋の人生を閉じた。

歌集に『藤の実』（大正十三年）『朝月』（昭和十三年）『麻ぎぬ』（昭和二十三年）『双飛燕』

（水穂と共著。昭和二十六年）『白き湾』（昭和三十二年）『四賀光子全歌集』（昭和三十六年）『青き谷』（昭和四十四年）『定本四賀光子全歌集』（昭和五十一年）がある。

また著書に『和歌読本』（昭和五年）『和歌初心者の為に』（昭和六年）『新古今名歌評釈』（昭和十年。水穂と共著）『伝統と現代和歌』『子を思ふ母の歌』（昭和十八年）『鎌倉雑記』（昭和二十三年）『行く心帰る心』（昭和四十一年）『花紅葉』（昭和四十七年）などがある。この中で『子を思ふ母の歌』は、「樹木」の川垣道子さんがお若い頃出版社に勤めておられた時、編集を担当された御本とのことである。

光子は、強い精神力で心身の健康を保ちつつ長く生き、明治大正昭和の三代の長期間にわたって活躍した歌人である。作歌をはじめてから七十余年、少しもたゆまず精進しつづけたその芽ばえは、幼少期に見ることができる。光子の家族環境と生いたちは、まことに恵まれたものであったといってよい。

光子の父・有賀盈重は、明治十年、その頃全国唯一つの東京師範学校を卒業し、教職についていた。和歌や漢詩の素養が深く、書や南画などを嗜み、風雅を愛する人であった。また母万代も、夫と共に文雅を解し、家庭は知情共に豊かなものであった。光子の随筆集『行く心帰る心』の中の「芽生え」には次のように書かれている。当時光子は、父の転任に従い、飯田市の小学校に移っていた。光子十一、二歳の頃の思い出である。

信濃飯田郊外の松尾といふ村に、童女でゐた頃のことである。毎朝起きると、門の木戸を出て少し離れたところに、清水を湛へた用水があって、二つちがひの弟と先を争ひながらかけて行って、顔を洗って来て、父母の膝下に「お早うございます」をいふ習慣であつた。父と母とは、その時刻にはすでに掃除を終へて、朝食前の朝茶を楽しんでゐるのが例であつた。飛びこんで来た子供らの「お早う」がすむと、うなづいて返事をしてくれたあとで、菓子皿から――大方落雁とかコンペイ糖のやうなものであった――一つ二つ菓子をつまんで父の手から、重ねた手の平にのせて貰ふのがきまりであった。……後略……(注1)

そんな時に、父と母がどんな話をしていたのか光子は記憶していないが、ある朝「お父さん！此の頃随分お歌も字もお上手になりましたね」と、父の短冊を一枚かざすように見ていた母の姿、その朝の両親の姿を、生き生きと鮮明におぼえているという。

その歌がどんなもので、その字がどんなものであったか、記憶にもないし、もちろん理解できるものでもなかったらう。その外のことは何も覚えてゐないのであるが、ただその時、父と母とが問題にしてゐた話の内包するものが、いつもする世間話とちがった何かしら尊いもののやうに思へたのであらう。幼い自分の脳裡に、「かういふお話、いいものだなあ」と思ったことが忘れられない印象になって、意識の底に長い年月の間潜在しつづけて来た。

大人の世界は子供心にわかるものではない。しかし、詩とか歌とか、永遠の世界を指向する憧憬の雰囲気は、子供心にも感じとることができるものであったと、その時のことが我ながら尊くもありがたくも思はれて、わが歌の芽生えは、こんなところにあったのではなかったかと、七十七歳の今日しみじみと思ふのである。(注2)

このように、当時の信州としては最高に教養の高い家庭に育ち、光子の歌心は自然に育てられていったと言えよう。

さて、『定本四賀光子全歌集』の年表(年齢は数え年)によると、明治二十三年(六歳)、長野県師範学校附属幼稚園に入り、翌二十四年父の転勤により松本の小学校柳町女子部に入学、二十六年四賀村の四賀小学校、二十七年飯田市の小学校に移っている。当時光子の父は郡視学であったが、明治二十九年、松本中学に転任したため、再び松本の小学校に移り、明治三十二年三月卒業する。明治三十三年(十六歳)、長野県師範学校女子部に入学、三十六年同校を卒業する。在学中、明治三十三、四年頃、「明星」を読み、新派和歌にふれる機会を持ったことが、光子の一生の中で一つの大きなポイントとなった。

今から考へると、何の施設も風情もない寄宿舎ではあったが、ただ一室新聞縦覧室といふ室があって、東京の新聞と地方新聞の信濃毎日新聞と、外に時折り寄送でもされたらしい雑誌類が、二、三冊テーブルにのせてあった。読書欲旺盛な年頃とて、読み物に飢ゑてゐた私は、毎日放課後になれば必ずそこへ行って、何かをあさって読みふけったものであった。ある日、そこで小さな新聞紙型の印刷物を見つけて読みはじめた。歌が書いてあるが、今まで知ってゐた歌とは大変ちがった歌で、戸まどひしながら、しかし何かひかれるものがあって読み耽った。鳳と晶と子といふ三字名の人、「ほうしようし」とは雅号なのであらうが、随分なまめかしい歌を作ってゐると思ったのであるが、それが、その頃創刊された『明星』であったことは、後になって知った。明治三十三年のことである。どうしてそこに明星があったのか、発行所から寄送でもされたものであったか、一切知らないのであるが、私にとっては大きな機縁であった。そこで私は、新派和歌といふものの存在を確め、与謝野鉄幹といふ名を知り、鳳晶子《おほとり》といふ名を覚えたのであった。（注3）

その後、光子は鉄幹の著作を買い、新派和歌への知識と憧憬を拡げていく。こうして新派和歌に開眼した光子は、一人詩歌へのあこがれを胸に抱き「学業の暇をぬすむようにして」文を綴り、新体詩や歌を作り、自分の世界を持つようになっていくのである。

注1　『行く心帰る心』（著者・四賀光子。昭和四十一年三月五日発行。春秋社。定価一〇〇〇円）所収「芽生え」六四頁

注2　同　六五頁

注3　『行く心帰る心』所収「機縁」六六頁

三　「藤の実以前」

「遂に、新しき詩歌の時は来りぬ。そはうつくしき曙のごとくなりき。……中略……　新しきうたびとの群の多くは、たゞ穆《ぼく》実なる青年なりき。その芸術は幼稚なりき、不完全なりき、されどまた偽りも飾りもなかりき。青春のいのちはかれらの口唇《くちびる》にあふれ、感激の涙はかれらの頬をつたひしなり」と島崎藤村は『藤村詩集』の「序」に書いている。新しい短歌革新運動の波は、ひたひたと信州にも押しよせ、穆実なる青年たちが新しい歌をうたいはじめるのである。

太田水穂が、新派和歌の同好会「この花会」を組織主宰したのは明治三十三年のことであった。当時水穂は二十五歳、東筑摩郡和田小学校の教諭であったが、翌年和田小学校校長となっている。会員の中に窪田うつぼ、上條義守、川崎杜外等がいた。一方、長野師範の女子部を卒業した有賀みつ（四賀光子）は、明治三十六年、松本市の岡田小学校へ赴任する。この年太田水穂を識り、「この花会」の一員となって、作歌の道に入っていくのである。

明治三十八年、光子は水穂の求婚をうけ婚約をかわす。と同時に向学の志に燃えていた光子は、水穂の理解と励ましの下、東京女子高等師範学校文科に入学する。在学中は、尾上柴舟から和歌の教えをうけていた。明治四十二年卒業と同時に太田水穂と結婚し、小石川原町に新居を定めたが、四月に、その年新設された会津高等女学校に単身赴任することになる。水穂は、明治四十一年、松本高等女学校を辞して上京、日本歯科医専倫理学教授のかたわら、文筆活動に従事していく。

さて、日露戦争後の日本の資本主義は、独占資本主義、帝国主義への道を歩み、文壇では、自然主義の思潮がおこっていた。歌壇では、明治四十一年に「明星」が廃刊となり「アララギ」が創刊されるなど一つの転換期を迎えていた。

光子の評論随筆集『行く心帰る心』には、次のように書かれている。

私が自分の歌の出発を回顧する時、そこにはいつも牧水氏の面影が立つ。明治四十一、二年頃、もはや明星にはついてゆけなくなってゐた私は、牧水氏の『海の声』や『独り歌へる』のすがすがしい歌風にふれて、目のさめた思ひがした。晶子ほど熱々しくない、どこか古典的な匂ひがして、しかも清新な歌調は私を捉へた。明治四十二年に、私は学校を出て会津に奉職してゐた頃、孤独な境涯も伴ってやうやく歌が作れるやうになって、出来た歌を東京にゐる水穂の許に送った。

水穂の手から牧水の手に渡って、それが明治四十三年創刊された第一次の『創作』誌上にのせられ、牧水氏の推奨によって私は歌壇への仲間入りをしたのであった。水穂と牧水との出合ひは、四十二年の頃かと思ふ。（注1）

このように光子二十代の作品の大多数は、第一次「創作」から第二次「創作」に掲載されており、「創作」においては、牧水、白秋、善麿等につぐ中堅作家であった。

光子の第一歌集『藤の実』（大正十三年）は、明治四十二年以後の作品を収めているが、『定本四賀光子全歌集』には「藤の実以前」として光子の二十代の短歌百十二首が収録されている。なお、「藤の実以前」には、新体詩が六章あるが、本稿では短歌のみに焦点をしぼっていきたいと思う。

やはらかにわが黒髪も匂ふなりさくらさく夜の湯帰りの道
木のかげの清らに小さき家もとめわれらは入りぬ霞立つ朝
手を取りてむかへば涙流れたりただおだやかにみのりこし恋
（「新居」明治四十二年）

「藤の実以前」巻頭の歌である。女高師を出て水穂と結婚、新居をかまえた頃のものだ。第一首目の歌の何とすがすがしくういういしい新妻の黒髪の歌であることよ。黒髪をよんだ歌には

その子二十櫛にながるる黒髪のおごりの春のうつくしきかな　与謝野晶子
つつましく香油かをれるぬばたまの夜《よ》のくろ髪をまくは吾が背子　今井　邦子

など秀れた短歌があり、晶子、邦子、光子それぞれの歌人の特色や性格の相違が感じられて興

味深いものがある。

三首目の短歌について、太田青丘夫人である太田絢子は、その著『春江花月』の中の「四賀光子小論」において「『ただおだやかにみのりこし恋』これほど作者の性格、凡そ一生を通しての性格を語るものはあるまい。処女歌集の歌にして杳かに後期の四賀光子その人を暗示している」(注2)と述べ、「四賀光子の羨むにたへない幸福な恋愛と結婚は稀有なことと言ってよい」と論じている。四賀光子は、誠実にして温籍、表面的に華やかではないが、内面に情熱を秘め、精神力気力の充実した女性であった。一面、鋭い感覚をもち

ひえびえと心のくまににじみ出し水よりあはきけふのさびしさ（「会津にて」明治四十三年）
穴むろのうす暗がりにじやがいもの芽ぐむ五月か恋を知りにき（「白き夜明け」明治四十四年）
暮れてゆく曇りガラスの壜底にほそく息する生きものかわれ

のような短歌も詠んでいる。「穴むろのうす暗がりにじやがいもの芽ぐむ五月」に恋を知り、われがほそく息する場所として「暮れてゆく曇りガラスの壜底」と歌うなど、鋭敏な感覚で象徴詩のような世界を作り出している。

一方、次のような作品もあり、光子の初期の短歌の多様性が感じられる。

黙《つぐ》めば唇《くち》のもゆるを覚ゆ目つぶれば眼のやくおぼゆ烏啄ばめ
鏗《かう》々と霜ふむ足音鳴れるなり霜ふむいのち鳴れるなりけり

これらの歌は、今井邦子の初期の歌を連想させるものがあり、明治末期の自然主義また牧水の影響を彷彿させている。

帰るべきところと思ひ帰りくるさびしき人を待つ夕べかな（「霜ふむいのち」明治四十五年）

さびしき人とは太田水穂のことである。「はかりしれぬもののやうにも見えてきぬさみしき眼して時に君あり」「涙ぐみ親のやうなるいましめをきく日となりぬわれ若ければ」とも光子は水穂のことを詠んでいる。九歳年上の水穂を師として敬い、水穂の探究していく歌の道のさびしさを最も理解し得たのは妻光子であったと言えよう。

夏山の青葉の下にかがやきてあぐるわが眼を知る人のなき（「蓼科行」大正三年）

「藤の実以前」最後の歌である。

夏山の青葉の下に、光子の瞳は輝いている。それは文芸への道を歩み出さんとする光子の内なるものの輝きである。つつましく強い精神の輝きである。

注1『行く心帰る心』所収「魂のふれあひ――牧水氏たちとの思ひ出」一七九頁～一八〇頁
注2『春江花月』（著者・太田絢子。平成元年十月十四日発行。短歌新聞社。定価二五〇〇円）所収「四賀光子小論」八四頁

四『藤の実』

(1)　四賀光子前期の歌風

四賀光子の第一歌集『藤の実』は、大正十三年四月、潮音社より出版された。大正四年三十一歳から大正十二年三十九歳までの作品六二二首が収録されている。光子、四十歳の春であった。

太田青丘は『定本四賀光子全歌集』(注1)の「解説」において、七十余年の長きにわたる四賀光子の短歌活動を、前期、中期、後期、晩期の四期に分けて考察している。すなわち

◎前期　約二十年（二十代〜三十代、明治三十七年〜大正十二年）

(一)「藤の実以前」昭和三十六年、七十七歳。（明治三十七年二十歳〜大正三年三十歳、昭和三十六年四賀光子全歌集刊行に当り諸雑誌から収録したもの）

(二)『藤の実』大正十三年、四十歳。（大正四年三十一歳〜大正十二年三十九歳）

◎中期　約二十年（四十代〜五十代、大正十三年〜昭和十九年）

(三)『朝月』昭和十三年、五十四歳。（大正十三年四十歳〜昭和十三年夏五十四歳）

(四)『麻ぎぬ』昭和二十三年、六十四歳。（昭和十三年秋五十四歳〜昭和十九年六十歳）

◎後期　約十五年（六十歳〜七十代前半、昭和二十年〜昭和三十五年）
㈤『双飛燕』（水穂と共著）昭和二十六年、六十七歳。（昭和二十年六十一歳〜昭和二十五年六十六歳）
㈥『白き湾』昭和三十二年、七十三歳。（昭和二十六年六十七歳〜昭和三十一年七十二歳）
㈦『青き谷』⑴（四賀光子全歌集所収の『青き谷』で、単行本歌集『青き谷』の初め約三分の一）昭和三十六年、七十七歳。（昭和三十二年七十三歳〜昭和三十五年七十六歳）
◎晩期　約十五年（昭和三十六年七十七歳〜昭和五十一年九十二歳春）
㈧『青き谷』⑵　単行本歌集『青き谷』の後の三分の二。昭和四十四年。（昭和三十六年七十七歳〜昭和四十四年秋八十五歳）
㈨「遠汐騒」昭和五十一年。（昭和四十四年冬八十五歳〜昭和五十一年春九十二歳）

と、区分されている。

こうしてみると『藤の実』は、四賀光子というまことに息の長い歌人の第一歌集としての重みをもっていることが分る。

歌集『藤の実』の最初の年大正四年は、水穂により「潮音」が創刊された年である。今までの発表機関であった「創作」「同人」等も休廃刊し作歌活動も意に満たなかった光子であったが、同人として「潮音」に参加し、作歌に励むと共に水穂を支えていくのである。社会人としては、明治四十三年七月に会津高女を辞して帰京し、九月から牛込の成女高女に奉職するが、大正元年十月東京府立第一高等女学校に転任し、昭和六年までここに勤務している。

「潮音」を創刊した水穂は「潮音」を拠点として活動し、「短歌立言」という論文を誌上に連載して自らの理論的立場を明確にしていく。水穂の歌論の根底は万有愛観であり、短歌は万有の愛の実現であると述べ、感動と直観を重視した。アララギ派の唱える写生写実と対立し、短歌は究極において象徴詩でなければならないと考え、日本的象徴主義をかかげていく。太田水穂については、『鑑賞　太田水穂の秀歌』において中野菊夫が鋭く深い水穂論を展開し、その短歌を解説されている。中で中野菊夫は、当時活躍していた歌人がみずからの歌誌を創刊した年齢と比較すれば水穂の出発はややおくれているが、

ひとたび、みずからの手によって歌誌をもつことの出来た以上、結社運営については、白秋、牧水、夕暮などのように、気に入らないからといってただちに廃刊にしたり、またすぐに新しく出発するという気易さはしていないのである。明星ですら創刊以来十年をもって終刊号を出すというのに、水穂は、みずからの手によって創刊した潮音は、みずから主宰し、他の歌人が後進に発行、編集をまかせたりしているにもかかわらず、みずからの死にいたるまでその発行を停止することがなかったのである。このことをみても、如何に潮音に執し、潮音を大切にしてきたかを知ることが出来る。(注2)

と、書いている。水穂がこのように「潮音」を大切に発展させ得た陰には、良きパートナーとしての四賀光子の献身的な尽力があったにちがいない。

大正六年五月、水穂は重い肺炎に罹り一時危篤に陥る。この大患後、水穂は内面に沈潜するようになり、良寛、芭蕉に深く傾倒していく。そして、大正九年十月より大正十四年までの足かけ六年間、芭蕉俳諧研究会をつづけ、その合評を「潮音」に掲載していった。まず、幸田露伴、沼波瓊音、安倍能成、阿部次郎といった人々がメンバーとなり、やがて和辻哲郎、小宮豊隆らが加わり、毎月田端潮音社において研究会を開いた。「こうした人々を動員し得たことは、水穂の力がなみなみならぬものであったことを知ると同時に、その成果も重いものであることを十分認めなくてはならぬ(注3)」と、中野菊夫は述べている。

光子は、この研究会を毎回傍聴して、近世文学としての俳諧を知り、その表現の手法を学んだのである。堅実でつつましやかな光子は、研究会の接待役をつとめ、こころくばって夕食をもてなしたという。

この芭蕉研究会の一人である安倍能成が四賀光子の『藤の実』の序文を書いているのである。安倍能成は、明治十六年生まれ、東大哲学科を卒業、カントを専攻する哲学者であるが、在学中から漱石門に出入りし文芸批評も書いた人である。ヨーロッパ思潮の影響を受けつつ日本の古典に親しんでいた。安倍能成の「歌集『藤の実』に序す」は、実によく四賀光子の短歌と人となりをとらえてあたたかく、この序文ですべてが言い尽されているといってもよいだろう。
『藤の実』の名は定めし芭蕉の「藤の実は俳諧にせん花の後」から取られたものであらう。この句には芭蕉の自遜があると共に又自矜もある。光子夫人の歌集「藤の実」の名も亦恐らく世の歌集の花々しさを追はずして、自分一個の境地をつつましやかに守らうとする作者自身の謙抑と自信とを託せられたものとして、誠に其実にふさはしい感じがする。私の知る限では、光子夫人其人の風格は、最もよく其歌に現はれて居る。……中略……人目につき易い媚態は固より、花やかな色彩や、奇抜な著想や、斬新な表現や、また鋭利な感じなどが特に際立つて人を牽引することはない。けれども温藉であって柔弱でなく、奥にしつかりした処があつてしかも硬張らず、真実な心持があつてしかも燥急や露骨に陥らず、一見平凡の様であつて陳套に堕せず、大様であつて間が抜けては居ず、線は太い様だが中々優しい細やかな処もあるといふその歌風は中々及び難い。(注4)
実によく四賀光子を洞察していると思う。
安倍能成は、光子が信州から送られてくる長芋で作ったとろろ汁が大好物であったという。

注1 『定本四賀光子全歌集』(全一巻)著書・四賀光子。編者・太田青丘。昭和五十一年六月三十日発行。柏葉書院。定価五〇〇〇円。太田青丘の後記によると、「四賀の二十代から数え年九十二の三月の死まで

の約四分の三世紀に亘る作歌生活のなかから、総計三千六百五十四を選んだもの」であり、四賀光子の百ヶ日を期して出版された。

注2 『鑑賞太田水穂の秀歌』（著者・中野菊夫。昭和五十一年十一月二十五日発行。短歌新聞社）八頁
注3 『鑑賞太田水穂の秀歌』 一二頁
注4 『定本四賀光子全歌集』 三二頁

(2) 妻として母として

四賀光子の第一歌集『藤の実』は、大正四年からはじまる。

雨の音かすかにすれば教へ子はまなこさびしくわれを見にけり　（「教へ子」大正四年）

当時光子は、東京府立第一高等女学校に奉職していた。優しく穏やかであるが芯が強く、真面目であるが風雅を解する良き教師であったに違いない。

ほのかなる夏の夕べの公園に遊動円木鳴りいでにけり　（「夏の夜」大正四年）
うつつなき童ごころにのるものかきしみ悲しき遊動円木

安倍能成が序文に書いているように、四賀光子の歌には「花やかな色彩」や「斬新な表現」や「鋭利な感じ」など目立つところはないが、しみじみと落ち着いた情感があって読みあきない。中野菊夫は「今日においても、当時においてもその作品は、人の目をそばだてるタイプの作者ではない。しかし、それでいて安心して作品に接することの出来る作者の一人であることに間違いはない(注1)」と述べている。先ず集中から叙景の歌を十首ほど挙げてみよう。

思ひあまり水を見んとて来つるなり夕もやふかく川はありけり　（「しぐれ」大正四年）
あかねさす昼に洗ひし蚕《こ》のかごは濡れて並べり夜の河原に　（「諏訪」大正五年）
海近く流れ来りてゆきなづむ水のすがたをわれは見にけり　（「大原海岸」大正六年）
音もなく船すぎゆけばにはとりの長鳴くきこゆ河の向うに　（「春来る」大正七年）
声あげて呼ばんと思ふみづうみの向うの岸は若葉しげれり　（「不忍池」大正九年）
木の葉散りし庭の明りに咲くとなくいく日を咲きて枇杷の花ちる　（「閑居の人」）
霜の朝田端の坂を市へゆく青物車くだりくる音　（「田端駅附近」大正十年）
照りそむる窓の朝日にけふのごと明日もあさても機を織るなり　（「機を織る村」）
目にしみて秋ぞと思ふ青空にひびきて今朝はもずの鳴く声　（「月影」大正十一年）
人の世のものいふ声のぽつぽつと朝あけてはや鍛冶の音する　（「竹きる日」大正十二年）

安倍能成は同じく序文の中で「御主人の水穂君が芭蕉の俳句や連句から受けられた影響は、殊に近年の作に著しいが、夫人の近年にもさすがにその感化は認められつつも、しかも妄《みだり》に自分の境地を忘れて夫君に追随しようとせられぬのを私はむしろ夫人の為に喜んだ。夫人の歌には抒情叙景共につつましやかなしかし奪ふことの出来ぬ持味がある。さうしてその叙景の歌に至つては、平凡なる日常目睹の景色の中に美しさを見出す眼の力の中々に凡でないことを気付かざるを得ない」(注2)と、すべてを言い尽している。四賀光子は己の抒情を守りながら水穂に従っていたと言えよう。

さて、この時期、太田水穂・光子夫妻の生活を大きく変えたものは、大正五年四月、水穂の亡兄の遺児兵三郎（後の太田青丘）を養嗣子に迎え、子の親となったことである。兵三郎は当時八歳であった。光子は、年譜の大正五年の項に「この幼児保育の経験は自分の精神生活の上に大きな影響があった」と書いている。

「嘆くこと一つもあらぬさいはひも淋しや子なき妻のあさゆふ」（「藤の実以前」(二)）と、かつては子のないことを嘆き歌った光子であった。今や兵三郎を養育しながら、子の成長と共にその哀歓を歌い、優れた歌を数多く残している。『藤の実』の中でも幼き兵三郎をうたった短歌は、深く私の心にしみ入ってくる。

子がもてるラッパをとりて城跡の石垣の上に吹きにけるかも
われと子とかはるがはるに吹くラッパ夕《ゆふ》城跡に響きてきこゆ
（「諏訪」大正五年）

信州諏訪の高島城址の石垣の上で、子とかわるがわるラッパを吹いたのだろうか。腕白な養い子との間に、母と子の優しい心の通いが感じられ少し淋しく心に残る歌である。

添ひふせば笑める汝が顔何思ふつめたきものを母はもてるに
（「人々」大正六年）
童児《わらはべ》が愛《を》しみていねしほたるかご光りてありぬその枕辺に
（「子と螢」大正九年）
いつしかに我が子の上にかけてゐつあはれなる世の親のねがひを
知らぬ家にわれを頼みていねし子にわれもたよりて眠らんとする
（「ほだし」大正十一年）

最後の歌は、自分も兵三郎も健康を害し、大正十一年八月、共に諏訪四賀村の光子の生家に静養した時の歌である。帰りきた故郷の家には住む人もなく、庭には夏草の花が咲いていた。この時「家ゆすり遊びし子らはいづこぞや日にとざしたるふるさとの家」という秀歌を成している。三首目、四首目、手しおにかけて育てゆく年月と共に、互いに頼り合うほどに母子の情が深まっていく。素直に真情を吐露した歌は、潮音としても貴重である。光子の精神生活は、より複雑になり、深化していった。

一方、太田水穂は、大正六年五月大患（肺炎）に遭い、一時危篤状態に落ち入った。秋にはこの危難を乗り越えたが、以後精神的にも更に深く内面に沈潜し、良寛、芭蕉に傾倒していく。水穂は、己の主張を歌誌「潮音」を通して示すかたわら「ほとんど毎年一二回地方に出掛けて歌会を催し、直接社友を誘掖指導するところがあった」、「大方の歌会行脚は、談話乃至講演を前座とした歌会と、そのあとの夜半に及ぶ社友との会談、懇親会を伴った（注3）」。このようなスケジュールを一週間十日、又多きは二週間二十日と続けたという。

厨戸をいでて眺むる空のいろ背子が旅ゆく夜明けとなりぬ　（「霜の夜」大正五年）
送られし柿のうまさをひるにたべ夕べにたべて足らひいませり　（「閑居の人」大正九年）
昼げ終へて庭にと思へば早や行きてものかきいます日のつづくかな
吉野山花のあたりのあすなろう一人寂かに見ていますらん　（「思いやりつつ」大正十二年）
牡丹ばないつしかちりておぼつかな旅路の人のおとづれはなき

これらの歌を読むと、安倍能成の序文の中の言葉が素直に納得できる。

この歌集を読んで、私は今更の如く夫たる水穂君の幸福を祝さざるを得なかつた。水穂君の日常生活の忠実な奉仕者であると同時に心深い友人であり、しかも水穂君の芸術の暖い同情者であり理解者である夫人の面影をよく語るものは、夫人の歌に如《し》くものはない。しかも此等の歌は心の誠が切なると共にその表現があらはに過ぎない点に於て、かういふ種類の歌の中の上乗なるものといっても過褒ではあるまい。（注4）

『藤の実』の終りに近く、関東大震災を歌った十七首の力詠がある。

青ざめて木の色すごし昼くらき地の震ひのおそれの中に　（「禍の日」大正十二年）

をちかたに人焼けてゐる闇の夜の土にしづけきこほろぎの声

見渡しの焼野の上にむらさきの色あざやかに富士の山見ゆ

人焼けている闇とこほろぎの声、焼野とあざやかな富士の山など、大災害の深さを静かにうたって秀れた短歌である。

注1　「短歌現代」（短歌新聞社）平成九年十一月号所収「名歌集渉猟」の「四賀光子『藤の実』」の中野菊夫。一八頁。
注2　『定本四賀光子全歌集』三三頁
注3　『太田水穂』（著者・太田青丘。昭和五十五年九月五日初版発行。桜楓社）六四頁
注4　『定本四賀光子全歌集』三六頁

五　『朝月』

(1)　太田水穂の歌論

第二歌集『朝月』は、昭和十三年十月、潮音社より発行された。前歌集『藤の実』以後大正十三年二月から昭和十三年七月までの約十五年間にわたる作品一千余首が収められている。四賀光子の中期の作品群である。

『朝月』の巻末記には「家庭生活と教員生活との中からにじみ出た念々歩々の歌でありますが、只この一筋に願をかけて来た生活であつたと云ひ得ることの外にはその作品がいかなる價値をもつて居るか、よいかわるいかと云ふことさへ今の自分には判斷できません」と、書かれている。(注1)

大正末年から昭和十三年という年は、日本が帝国主義への途を歩み、軍国主義化していった時代である。昭和四年、アメリカのニューヨーク・ウォール街にはじまった世界恐慌は日本の経済も襲い、失業者は街にあふれ、農村は貧窮した。この矛盾のはけ口を海外に求めた日本は、昭和六年に満州事変をおこし、昭和十一年の二・二六事件を経て、昭和十二年の支那事変へと拡大していく。また、資本主義の矛盾が深刻化していく中で、マルクス主義の思想が知識階級の間にひろがっていく。「潮音」と時代、「潮音」とマルクス主義は如何なる関係にあったか、このことも念頭において『朝月』を読み進んでいきたい。

私は、『朝月』を読み終って、この歌集は、前歌集『藤の実』よりもずっと意識的に水穂の理論に従い、水穂の提唱する芭蕉俳諧に学ぼうと光子が懸命に努力した歌集であると思った。

すでに述べたように、四賀光子は太田水穂の最も良き理解者でありパートナーであった。光子の著作『子を思ふ母の和歌』（昭和十八年・愛之事業社）の編集に携わった「樹木」の（故）川垣道子氏は「とても仲の良い御夫婦でした」と回想しているし、女学校時代四賀光子の短歌の授業を受けたことのある田口ゆき氏（丹青）も「四賀光子はとても水穂を尊敬していました」と語っている。生れながらの資質、自分の持っているものが歌に現われるにしても、光子はこの時期、水穂の理論に沿った作歌に汗をしぼっているのである。

従ってここで、太田水穂の短歌論を、もう一度要約しておきたい。

潮音歌学のバイブルともなった「短歌立言」において水穂は次のように述べている。（「短歌立言」は、潮音創刊の年大正四年九月から大正十年まで三十回にわたって書き続けた論文で、大正十年には岩波書店から同名で刊行されている。）

今の芸術に志すものの多くは心情の帰趨などに就ては考へてゐないやうに見える。たゞ自分の恣ままな心に肆《ほしいまま》に湧き上がる感動の断片を断片のままに――内部生命の統一も考へずに現はさうとしてゐる。(中略)吾等が前に述べた心情の帰趨と云ふ事は即ち万有の意志への方向をさすのである。(中略)然らば万有の意志とは何であるか。答へて曰く化有の心である。化有の心は即ち万物の愛の理である。此の立言は此の愛を主として短歌芸術の上に行はうとする企ての宣言である。(短歌立言序)

哲学的な難解な文章であるが、水穂は短歌は万有の愛の実現であると説いているのである。そして態度においては「感動本位」(直観尊重)を重視して「生命の最も根元的なものを感動とし、感動を以て歌の根本とし、感動の最も根元的なものを悲哀とし、悲哀に刹那の悲哀と永遠の悲哀があり、歌はこの永遠の悲哀に肉薄することによって高次の詩をもち得る。永遠の悲哀を自覚することは宇宙生命である万有愛を知ること」と説いている。

更に、芭蕉俳諧の研究から、水穂は短歌に俳句俳諧を摂取しようと試みている。

吾れ等が以前から俳句の研究に一分の努力を払ふに就いては特に諸君に云つて置き度いことがあります。俳句の故郷は短歌である。更に極言すれば短歌の或る要素が世を経るにつれて俳句に進化したとも称し得る。短歌ではどうしても謂ひ得ない処を俳句では見事に謂ひ得る。従来の短歌は多くの点に於て道行きの詠嘆又は描写であるのに、俳句は一気に喝破し、若しくは直下に道破すると云ふやうな処がある。短歌は口説きであり、俳句は喝である。短歌をして口説きの芸術から喝の芸術に進為させる努力が今の歌壇の要求ではないか。(大正

六年十月潮音消息）

そして、今後の短歌は、俳諧の連句の形式をとり、題材を卑近なものにとって内容を豊富にすべきだとし、芭蕉の、匂・響き・うつり・面影・位・寂などの象徴的表現方法を熱心に摂取しようと試みた。

このような水穂の俳諧手法摂取の理論に対して当時の歌壇はどのような態度をとっているだろうか。写生説で鋭く対立した赤彦は、次のように述べている。

　元来俳句には俳句の本領がある。本領を異にする文学二箇の形式には自から相違があつて、その表現法にも之に相伴ふ相互の差別がある。これは、両者本領の相違が齎し来つた自然の約束である。自然の約束を乱して、俳句の句法と短歌の句法を混在せしめようとするのは、自己の計らひを以て自然の約束を破らうとするものであつて、大きな道を歩くものの為わざでない。（注2）

更に水穂は、明治四十年代の初めから、抒情詩は究極において象徴詩でなければならないと考えていた。水穂はこれを「象徴とは作者の理念（観念）が直観の世界に於て具体の形を取ることであります。……　理念とは宇宙と人生に対する意識統一の姿をいふので、之れはすなはち観相の義であります（注3）」

と、説明している。そして、近代ヨーロッパの象徴主義の単なる皮相な模倣ではなく、それは

「日本」ないし「日本的」象徴でなければならないと主張した。源氏物語・新古今あたりから発した日本の詩歌の象徴的傾向が、芭蕉俳諧において達成されたと考え、芭蕉に依拠する立場を「日本的象徴」と称したのである。

水穂の短歌理論に賛同するか否かは別として、自己の信念を理論に打ち立て、あくまで自らの信念に従って一生作歌しつづけた太田水穂という人に対して、あらためて私は、畏敬の念をおぼえる。水穂の代表歌といわれる秀歌を数首掲げて、水穂を偲んでみたい。

われ行けばわれに随《つ》きくる瀬の音の寂しき山を一人越えゆく　（『雲鳥』）
秋の日の光りのなかにともる灯《ひ》の蠟よりうすし鶏頭の冷　（『冬菜』）
雲ひとひら月の光りをさへぎるはしら鷺よりもさやけかりける　（『鷺・鵜』）
白王の牡丹の花の底ひより湧きあがりくる潮の音きこゆ　（『螺鈿』）
しろじろと花を盛りあげて庭ざくらおのが光りに暗く曇りをり

四賀光子は、このような水穂に従い、水穂の片腕となって共に「潮音」発展のために歩んだ歌人である。水穂をぬきにして光子は語れない。

注1　『朝月』巻末記一頁
注2　「アララギ」大正十二年三月・水穂氏の歌を評す。
注3　「和歌俳諧の諸問題・潮音の歌風の変遷」大正十四年九月号「潮音」

(2)　芭蕉の俳諧に学ぶ

四賀光子の第二歌集『朝月』は、四六判三八〇頁から成り、一千余首が編年体で編まれている。昭和十三年十月発行、定価一円八十銭。巻末に八頁にわたる巻末記があり『朝月』における光子自らの歌風と、潮音の歌風との関連、またその変選の跡をくわしく述べている。なお、『朝月』の時期は、太田水穂の歌集でいえば『冬菜』から『鷺・鵜』と『螺細』の初めにあたる時期である。

このゆふべわが家の背戸の土じめり氷らぬほどに月の照りたる　（大正十三年「三月」）
さびしさは拗ねてゐし子がしみじみと夕日の窓に読書する声　（「子」）
しみじみと新葉《しんば》の上に見えそめてつぼみはいまだ青きあぢさゐ
もえ出でて疑ひもなきその葉なり古根に生ひて萩も桔梗も
遠山に朝日上れば草原は残るくまなき光りとなりぬ　（「赤倉」）

大正十三年のこれらの短歌は、前歌集『藤の実』と同じ傾向の歌といえよう。素直におだやかに対象を見つめ歌っている。「つつましく天地自然の生命に分け入つて、その愛心の中で愉びをもあはれをも味はひ自己をはぐくもうといふ態度でありました」(注1)と光子は書いている。五首のうち四首は自然詠であり、二首目は子を詠んだ歌である。「夕日の窓に読書する声」という下の句が心にくる。拗ねている子と相まって、母と子の情感を深く出していると思う。

大正十四年になると、次のような歌があらわれてくる。

灸すゑて汗ばむ程のひるあらしかみなりの音遠くとどろく

(大正十四年「恙」)

板敷に投げ出してある蕗の束《たば》もらひ湯をして帰り来にけり

(「転地」)

くりや戸の二本障子を立て閉めてひねもす物を煮るしぐれかな

(「冬早し」)

垣根より一枝菊をさし入れて佳き日を言へる隣人はも

(大正十五年「武蔵野」)

菊をきるはさみの音の時たまに隣は秋をものふかく住む

蛭《ひる》に血を吸はせて母のおとろへのかたびら寒きあぢさゐの縁（母の家にて)

(大正十五年「木曽」)

先に述べたように、水穂を中心とした芭蕉俳諧の研究により、潮音は芭蕉の俳諧をその指導精神とした。水穂が「短歌立言」の中で主張した万有化育の観相の中に、芭蕉の寂び、撓りといった内面的な要素を取り入れ、匂ひ、ひびき、うつりなどの手法を学んでいったのである。

第一首目について、太田青丘は「連句の匂ひ・響き・うつりより示唆をうけた上下句間の飛躍的手法」(注2)は、芭蕉俳諧から得たものであると述べている。五首目も、芭蕉の有名な句「秋ふかし隣は何をする人ぞ」が下地となっており、「時たまに」の後の言葉が省略されていることが分る。これらの歌は、潮音選集でいえば『初ざくら』(昭和四年)の時期に相当する。素材を生活と人事の中に求め、平俗簡潔な言葉を使おうとつとめている。光子は、

私にはまだ匂ひ、ひびき、うつりの際やかな芸をする迄には至りませんでした。かつがつ脂粉を洗ひ感傷を越えて幾分洒脱味を帯びて来たかと思ふ程のものでありました。(注3)

と、謙虚に書いている。

通夜にゆく人の羽織に宵闇のひらめきて消えし青きいなづま　（昭和二年「富士五湖」）
砌《みぎり》なる松葉ぼたんに日の照ればわが手習の水かわくなり　（手習」）
青空の北を支へて神山の戸隠山は雲一つつけず　（昭和三年「戸隠山」）

芭蕉俳諧の研究による潮音社の大路線に従って、光子の歌も少しずつ変わってきている。通夜にゆく人の羽織にひらめくいなづまの象徴性、また二首目の歌について太田青丘は「自由洒脱な言葉の斡旋も注目される(注4)」と指摘している。

昭和四年、アメリカのニューヨークにはじまった世界恐慌の波をかぶり、日本の経済状態は悪化し、深刻な恐慌状態いわゆる昭和恐慌に落ち入った。輸出の減少、企業の操業短縮、倒産、産業合理化による賃金引き下げ・人員整理などにより失業者は増大し、農村は困窮した。こうした社会を反映してマルクス主義の思想が次第にひろまってきたのである。マルクスの提唱する唯物弁証法の社会主義思想は歌壇にも侵入し、マルクス主義をふまえたプロレタリア短歌運動がおこり、盛んになっていく。昭和四年九月、プロレタリア歌人同盟により「短歌前衛」が創刊され、岡部文夫、坪野哲久、渡辺順三、矢代東村、五島美代子、前川佐美雄らが加わった。

プロレタリア短歌運動は、伝統的な諸結社にも大きな衝撃を与えた。『朝月』の巻末記で四賀光子は次のように述べている。

かういふ時に一番混亂を來すことは指導精神のあるか無いかといふことであるが、潮音には最初から萬有に立脚する愛觀（觀想）を指導精神として持つてをりましたから、さういふ場合にいち早くこの唯物論の惡潮流に抗爭し挑戦する積極的な態度をとり、もつとも勇敢に邪を破り正を顯はす論陣を張つたのであります。即ちいかなる鬪爭の相《すがた》も萬有愛の高處から見れば、これも亦天地化育の營みの中にあるものであると云ふ信念の下に唯物論の暴論に眼をふさがず、その眞只中に飛びこんで、その暴論の根幹を發《あば》くに日本和歌の有つ傳統精神の炬火をもつて照らしたので、ここに初めて潮音第三期の道標「荒海」の體が確立したのであります。潮音ではこれを變相期の歌といひ、又流行體の作とも云つてをりますが、(注5)……、後略……

当時の労働者や農民の困窮、社会状勢を前にして、マルクス主義を一方的に邪とするのは問題であり、そこに四賀光子の優等生としての限界があったかも知れない。東京女高師を出て府立第一高等女学校に奉職する光子にとって、国家を批判したり国家に反逆することなど考えられなかったであろう。

潮音のいわゆる「荒海期」における光子の短歌を次に掲げてみよう。

あらしの中春の大河のよこたはり瀬を逆むけて波の荒れだつ　（昭和四年「葛飾吟行」）
工場町をめぐりて青き大河の鉛に似たる重たき光　（昭和五年「工場」）
片隅に調帯《ベルト》うごきゐて工場いま一齊にめぐる機械のひそけさ
かつきりと咬みあふ歯車《ギャ》をまもる眼のふれなばものもきるべく思はゆ
炎の環星を大きく抱きながら望遠鏡の視野に入りくる（土星）　（昭和六年「星」）

はつたりと音を止めたる飛行機のあなや垂直に落下しきたる　（昭和七年「所沢にて」）

「工場」にみられるように素材を広く社会に求め、時代の動きを短歌によみこもうとしている。しかし、工場や機械を詠んでも、その背後にいる働く者の血や汗、生活の苦しみを詠むまでには残念ながら至らなかった。ただそうした中でも

石だゝみ冷たく暗き年月を座りつくしてくたびれなきか（尊氏像）　（昭和五年「京都」）

のようなヒューマニスティックな歌があることも忘れてはならない。

昭和七年、光子四十八歳の年、十九年間勤務した東京府立第一高等女学校を退職し、水穂を助けて「潮音」の編集に力を注ぐ。「ひたすらなる人の歩みのあと追はむおのが負ひ目は今日ぞをへぬる」の歌がある。

昭和十二年五月、父有賀盈重《みつしげ》の訃報に接し、つづいて父のあとを追うように、あの世へと旅立っていく母をおくるのであった。折にふれ『朝月』の中でも歌いなつかしんでいた父母は、この年一度に帰らぬ人となったのである。

一方昭和九年には、鎌倉扇谷に山荘を求め病後供養の青丘と共に住む。青丘は、東大支那文学

科をこの年卒業している。自然の美しい歴史の町鎌倉の朝夕は、光子の心を洗い、詩心を高めていったのだろうか。『朝月』の最後の方には、落ちついた中に「潮音」の象徴性のみられる秀歌が生まれている。潮音選集で言えば「錦木」（昭和十一年）とそれ以後の時期である。

谷々の除夜の鐘の音いちどきにまたあと先になりてたゆたふ　（昭和十年「除夜の鐘」）
いなづまの光の中にさくら花はつかにうごく白さ見にけり　（昭和十一年「春雷」）
花のみか幹さへ根さへ紅梅の髄《しん》も紅しときくがかなしさ　（昭和十二年「紅梅」）
裂けてちる波にまがひて飛ぶ鳥のしら羽のひかり消えてまた耀《て》る　（昭和十二年「海豚すむ海」）

一首目、ここかしこの寺の鳴らす除夜の鐘の音が、あるいは一どきにあるいはあと先になりながら谷々に響きたゆたいている。鎌倉の地と除夜の鐘の音が高い詩情を生み出し、心にひびいてくる歌だ。二首目の歌のいなづまの光の中の桜花の白さ、三首目の髄まで紅い紅梅、四首目の波に飛ぶ鳥の羽の瞬間の白いひかりが鮮明である。潮音の直観と感動。感覚は鋭い。
『朝月』におけるひたすらな精進が、その後の四賀光子の大きな歩みの根底となったといえよう。

時代は戦争へと動き、昭和十二年、支那事変に突入する。戦時詠の多くなってきたところで『朝月』は終る。

黒々と押しあふ兵士行く方も知らずといひてひたゆきにゆく　（昭和十二年「事變」）

（出動方面を極秘にしたれば、兵士等自らさへ何れにゆくかを知らず）

兵士たち國の使命を疑はずゆくらんものか眼のあつくなる

堰切つて街にあふるる旗波の夕づくまでも明るくつづく　（昭和十二年「旗波」）

（十二月十三日南京遂に落つ）

みんなみにひた傾きてゆく空の日の歸へりくる明日を信ずる（冬至）

当時の国民感情がそのまま詠まれていて、歴史的にも意義のある歌と思う。

注1　『朝月』巻末記二頁
注2　『定本四賀光子全歌集』六〇〇頁
注3　『朝月』巻末記四頁
注4　『定本四賀光子全歌集』六〇〇頁
注5　『朝月』巻末記四頁～五頁

六　『麻ぎぬ』

四賀光子の第三歌集『麻ぎぬ』は、昭和二十三年十月、京都印書館より出版された。随筆集『鎌倉雑記』も、同じく十月に同出版社より出されている。昭和十三年秋（五十四歳）から昭和十九年、六十歳までの短歌三百五十五首を収めた光子中期の歌集である。

昭和十三年から十九年までという年代は、衆知のごとく日中戦争より太平洋戦争末期に至る暗黒の時代である。昭和十二年七月七日、北京郊外の盧溝橋における日中両軍の衝突で始まった日中戦争は、次第に泥沼化していった。昭和十四年九月一日、ドイツがポーランドに侵入して第二次世界大戦の火ぶたが切られ、ドイツと結んだ日本は、昭和十六年十二月八日の真珠湾攻撃により太平洋戦争に突入する。戦争を遂行し、勝利を導くためには「一億一心」「尽忠報国」「堅忍持久」「贅沢は敵だ」などのスローガンの下、物資はもちろん思想・文化も統制されていった。

太平洋戦争勃発後は、歌人といわず、文学者一般が政治権力に動員され、戦争に協力し、言葉の力によって愛国心を昂揚させる役割をになったのである。昭和十七年六月には日本文学報国会が生まれ、短歌部会は「愛国百人一首」を選定している。「大詔《おほみことのり》いまか下りぬみたみわれ感極まりて泣くべくおもほゆ」（吉井勇）、「やみがたくたちあがりたる戦ひを利己妄慢《ぼうまん》の国々よ見よ」

（斎藤茂吉）といった戦争讃美歌・戦捷歌が作られていく。「大陸の海ぬば玉のくら闇に天くだりたるみ船たむろす」（太田水穂）などの戦争の歌が誌面に氾濫していったのだ。ただ、軍部の強力な圧力の下、子どもから老人まで聖戦を信じた当時の時代相を考えると、現在の感覚からそれらを簡単に批判することはできないだろう。

四賀光子の歌集『麻ぎぬ』に、戦争讃美の歌が載っていないのは、女性として母として戦争を讃えられなかったためだろうか。それとも終戦後に発刊されたためであろうか。しかし、こうした戦争の時代にも、光子は美と真実を追求する歌人の魂を失わず、秀れた歌を多々詠んでいる。

光子は「麻ぎぬ巻末記」で、次のように書いている。

この期間は支那事変から大東亜戦争の間でありまして、色々な困難があつて作歌生活も思ふに任せぬ時代でありました。然し芭蕉の云つた「像《かたち》花にあらざる時は夷狄《いてき》にひとし、心花にあらざる時は鳥獣に類す。夷狄を出で鳥獣をはなれて造化に従ひて造化に帰れとなり」と云ふ言葉は戦時中にも常に私の心の笞《むち》になつてゐました。

眺めおきて誰に語らむみいくさのとよみのなかのもみぢばの色
汐八汐今日を限りのくれなゐのもみぢ明りの火のなかの家

「眺めおきて誰に語らむ」と云つた時私は百年も後の戦争の恐ろしさを知らぬ時代の人たちを思ひ浮べてゐました。さういふ時代の人達が見てなほ詩を失つて居ない歌であると云はれるかどうか、それは疑問であるが、なまな現実を遮二無二歌にしようとする今の世の流行に対抗して来た潮音社といふ結社の一人が静かに歩んだその地点が、果して芸術の「中」に立つものであるか、それは読者の批判に委せることにいたします。(注1)

戦時中も光子が、一つの決意をもって生きていたことが分る。太田青丘は、『定本四賀光子全歌集』の「解説」の中で、『麻ぎぬ』につき「大観すれば朝月末期の作風の延長線にあるといへよう」(六〇一頁)と述べ、中には「芸曲に傾いて嗅覚を感ぜしめるものもないわけではないが」、主流は自在の詠風であり「大方事象に即してゆつたりと歌つてゐるが、象は生々と脈うち、作者の主観なり背後の世界なりもほゞ遺憾なく表現されてゐる」と、述べている。

さて、『麻ぎぬ』は、昭和十三年の淡路行から始まる。

黄に染めてマッチの軸木干してあり細《こま》かにほそき島のなりはひ

マッチ棒の細い軸から貧しい島のなりわいに展開し、着実な手法で一首を成している。

昭和十四年三月、青丘が満喜子と結婚する。水穂光子夫妻は、田端の二田荘を若き夫妻にゆずり、鎌倉扇《おおぎ》ヶ谷《やつ》に移った。杳々山荘と呼ばれるこの住居は、扇ヶ谷の亀ヶ谷の奥、姿山といわれる高みにあり、由比ヶ浜の青い波が見渡され、背後にはこんもりと樹々が茂っていた。水穂も光子も死ぬまでこの家を愛している。風光明媚なこの鎌倉の地から、数々の佳詠がなされていくのである。

大き虹かき消え失せて音もなし白牡丹の花地《つち》にくづるる
（昭和十四年「虹と月蝕」）

六月の闇にほのかに匂ひたつ水より生れてほたるまひいづ
青き火の螢火一つ流るれば沢辺の闇は更に色濃き
（「ほたる」）

虹の歌もほたるの歌も単なる写生に終らず、幽玄ともいうべき余情をもっている。
この年八月五、六、七日の三日間にわたり、潮音第五回全国大会が神戸祥福寺で開かれ、第五選集「銀河」が刊行された。大会への会者二百名、当時の潮音出詠者は五百名を越えていたという。
大会後、光子は水穂と共に比叡山横川に登り、力詠をなした。

恵心僧都ふみゆく脚かうつしみの夫かひたすらあとにしたがふ
（「比叡山横川」）

谷ふかく流るる水は老杉の高き梢に来てひびきたり

あくまで慎み深く、誠実に精進していく光子である。

白き鯉灯に集まりて眠りをり暗き方より水の音する（中津川市山川千枝宅）　（「白き鯉」）

潮音の象徴性を感ずる歌である。下の句がぴたっと一首を完成させている。

ひぐらしの一つが啼けば二つ啼き山みな声となりて明けゆく　（昭和十五年「ひぐらし」）

『麻ぎぬ』の代表歌の一つである。この歌について光子は、次のように語っている。

この歌は度々書くので自分でも気が引けたが、この客人は初めて見る歌のやうで、繰返し口吟していい歌だとしきりに感心してゐる。それで私はどこがよいのですかと質問して見た。佳い歌と云ってもここがよいなどとなかなかわかるものではなく、何となくよいといふのが実感で、理論はあとからつくものである。私だって理論があって作った歌ではない。あとからつけた理論であるが、お土産話としてこの初見の方にお話したのは次のやうなことであった。

水穂がよく「よい歌には二つの方向がある。一つは一点から無限に拡がる拡大の方法と、二つには無限から一点に集まる集約の手法がある。佳い歌は必ずこのどちらかの方法をもってゐる」と云ったことをまづお話して、さういふことでこの歌を吟味して見ると、「ひぐらしの一つ」といふ一点から「山皆こゑとなりて」にひろがって、「明けゆく」で無限に拡がる感じが出てゐる。それで何となくよいと云ふのではないか、こんなお話をしたことであった。(注2)

昭和十六年になると、暗い時代相が歌にも現われてくる。「豪華船入りくることもまれになりて港は春の波しろく立つ」(「さびる港」)の歌にあるように、日本との通商を拒む国々が増え、横浜港はめっきりさびれた。

一方、水穂も六十六歳となり、老境に入っていく。

二十日寝し人のあら鬚を一息に剃りあげてへやに梅の鉢おく　(昭和十六年「梅」)

くるる早くすぐ寝てしまふ老いらくの夫のいびきをしばしにくめる　(「夏至の日」)

夫・水穂を歌って、人間的な味のある歌と思う。

昭和十六年には、まだ例年のごとく旅行が多い。四月には新津から佐渡、六月は関西同人大井広の主催で高野山に一夜百首の会があり、帰途紀州めぐりをしている。

天をとざすけむりのなかに滝柱ひかりのごとく立つがいかしき

（「那智」）

太平洋戦争が始まったばかりの昭和十七年初頭は、一月のマニラ占領、二月シンガポール陥落と相つぐ戦勝に日本中は湧きかえっていた。しかし、六月のミッドウェイ海戦の大敗北により戦局は一転する。

近づきくる何かあるらし今日二夜燈火を伏せて闇にひそまる

（昭和十七年「燈火を伏せて」）

昭和十八年になると、戦局は重大な局面に入る。一月、ガダルカナル敗退、四月連合艦隊司令長官山本五十六の戦死、五月アッツ島守備隊の玉砕と日本の敗色は濃くなっていく。十九年、国内においては、女子挺身隊動員、学徒動員、学徒出陣、学童疎開が行われ、十一月にはＢ29による東京空襲が始まる。思想・文化の統制は一層強化され、出版も制限されている中で、歌人たちは愛国歌をうたう。歌集『麻ぎぬ』に戦いの歌は少ないが、十九年の短歌には時代相が濃く現われてきている。

みいくさに幾人征きてゐる村ぞ春はしづけき田蛙の声　（「松本郊外和田村」）

供木の老樹をなかに家族たち顔をならべてあひ惜しみあふ（矢ヶ崎家写真）

警報のサイレン鳴りて幾秒時大き満月山をいできぬ（八月）　（「月夜」）

みいくさやさすがに人のまれにだに来ぬ日となりてもみぢ移ろふ　（「きはまる秋」）

若い男性は、ほとんど戦場に征き、ひっそりと静かな信濃の村に鳴いている蛙の声。戦時の村の雰囲気がしっかりと把握されている。

最後の歌は、随筆集『花紅葉』の「日記篇」昭和十九年十一月二十七日の項に載っている。

　もみぢは今が真さかりである。あかるい紅葉あかりの中にしぐれが降つて来た。寒いのでこたつを作つて歌を考へてゐると又警報が出て三時頃解除になつた。（一五二頁）

潮音の主宰者である太田水穂宅には、水穂が客好きであることもあって、全国各地からの来客が多かったようだ。今やその来客もなくなったが、もみじは変ることなく紅々と燃え移ろっていく。戦局は厳しく変り銃後の暮しも日々厳しく苦しくなっていくが、しかし、戦争のさ中にも、詩人の魂は生きていた。こうした状況の中、水穂は「日本和歌史論」の執筆に余念がない。

警報のとどろくなかも筆おかぬまなこの澄みを時におどろく

（「きはまる秋」）

注1　『定本四賀光子全歌集』二五三頁〜二五四頁
注2　随筆『行く心帰る心』所収「拡大と集約」七三頁

七　『双飛燕』

『双飛燕』。その名の示すごとく、この歌集は太田水穂・四賀光子の合著歌集である。水穂にとっては第八歌集、光子にとっては『麻ぎぬ』につぐ第四歌集にあたる。昭和二十六年三月、台東区の長谷川書房より刊行された。時代的には、終戦後の昭和二十年後半から昭和二十五年までの、日本が未だ混沌としていた戦後の五年間である。光子も六十七歳になっていた。

昭和二十年七月、青丘に伴われて水穂光子夫妻は、信州広丘の水穂の生家に疎開する。

こんな時にこんな事情で帰つて来ようとは十日まへ迄思つても見なかつたことであつたが青丘満喜子の切なる勧めを聞いてゐるうちに、故郷の風物が髣髴としてちらついて来たのであらう。水穂は老眼頓《とみ》に輝きを増して、さあ行かう、この書斎の机辺をこのまま移して呉れ、折角はずんで居る筆の気先を折らぬために、身辺の器物を皆運んでくれ、と云ひ出して常用の机、硯等はもとより火鉢、鉄瓶、茶器、坐ぶとん、小屏風まで青丘が唯唯として背に負ひ手に持ち運んで呉れて、ともかくも自分らも疎開者の一人となつたのである。故郷の家には応召中の甥の若妻が赤ん坊をかかへて兄と二人で住んで居た。家は三百年の手斧打《てうなうち》の古家であるが、煤を払ひ障子を明るくして住んで見れば又味はひがある。水穂が生れて十八歳迄育つた家で、見るもの毎に少年時の思出があるらしく、表に出て背戸に立ち、柿の青実を眺めたり、杏の熟れ実を喜んだり、幼友達を訪ねたり、同年配の故旧の亡き人となつてゐることに驚いたり、暫くは感慨無量の様子であつた。私はまして今迄客に来るより外住んだこともない家に思ひがけなく居つくことになつて、朝夕の掃き掃除をするにつけ、縁うすかつた御先祖たちに始めて仕へることが出来るやうな有難い気持に充たされつつ八月に入り漸く落ちついた朝夕を持つやうになつた。

み祖たち位牌も煤けましまして塵の光に埋もれいます　水穂
背戸口に見えてゆたかに裾をひく鉢伏山を姑《はは》とし仰ぐ　光子

鉢伏山は鉢を伏せたように丸くなだらかな山である。
このように疎開した水穂光子は、一ヶ月後の八月十五日正午、太田旧宅の奥座敷で戦争終結の玉音放送を聞いたのである。

昨日ひとり今日また一人兵帰る村はひそけし蜻蛉も飛ばず（終戦）

（「秋悲し」昭和二十年後半）

『双飛燕』巻頭の一首である。一人二人と兵が復員してくる敗戦後の農村はひっそりしている。「蜻蛉も飛ばず」と言い切ったところに、光子のやりきれない思いがこめられていると言えよう。

立ちかへるみ国の春を疑はず七夜を泣きてこころ定まる

何という前向きの強靭な精神であろうか。終戦の放送に「全身の血が逆流し眼がくらむ」(『花紅葉』二六一頁)ような衝撃を受けながら「七夜を泣きてこころ定まる」と歌い切り、素直に冷静に現実を受け入れ、建設的に歩み出そうとしているのだ。一方、水穂の受けた打撃は計り知れないものがあったのか戦後は一切放下の心境になっていく。

さて「潮音」は四月以来休刊となっていたが、九月から愛知県起町で印刷を始める。十一月には広丘の居宅で戦後始めての歌会を開き、八十余名が参加した。

踏切りの自動警笛鳴りいでて枯野に黒く汽車あらはれぬ　(「筑摩野」昭和二十一年)

蔵前の老木の柿にかけ渡す竿にむつきのかわく秋空　(「産湯」)

藷《いも》を刻む母のかたへに物をおくごとくに置けど匂ひあまる子

家族たち田に出てゆけばにはとりと山羊と留守してゐる二人なり

疎開先での暮しが髣髴として浮かんでくるような歌である。何といっても疎開の暮しは不自由で苦労の多いものだ。しかし光子は人一倍順応性があったのか、最後の歌にはユーモアさえ感じられる。

昭和二十一年十一月一日、青丘が迎えにきて、夫妻はいよいよ鎌倉に帰ることができた。

赦されて帰る流人《るにん》の旅ならぬ山川のあかき日に涙おつ

五百日身に罪科《つみとが》のあるならぬせぐくまりゐし思ひ忘れじ

（「帰東」）

生きて再び鎌倉の地を踏む光子の胸には、万感の想いが迫ってきたことであろう。太田絢子は『春江花月』において、「冷静な作者としては珍しい感情のたぎれをよみとれて、貴重な歌である。」（九〇頁）と、述べている。「せぐくまりゐし」とまでうたった疎開の生活であったのだ。

翌年四月敗戦後の東京を見ようと初めて上京し、まず皇居前に向う。

腕くみて心おごりを見する子ら宮城広場草伸びにけり

（「廃墟」昭和二十二年）

公園のベンチに一人蓬髪のうつろの顔が雲を見てゐる

しかし、何といっても戦争は終り、民主主義と自由を与えられた世の中には、希望と明るさがあった。

風そよと五月焦土の街角に花売り車香をまきてゆく
五月きぬ街路を高く靴にふむ婦人警官ありて明るき
走せ過がふ大型水色の外人バス廃墟の町の点景となる

「花売り車」「婦人警官」「外人バス」など明るく肯定的にとらえている。

この頃から、光子の短歌には、太田水穂の枠組から出た自由自在さが現われてくる。また歌の素材も拡大された。倉地与年子は「太田水穂とは別個の作家四賀光子の人間像が自在回転の型であらはれてきたといへませう(注2)」といい、『双飛燕』の後半から、四賀光子の短歌が真に誕生したと評価し、「この後半から白き湾にかけての構へのない自在な風格、自らを信ずる強さ、いぶし銀のやうな生命力のかがやきはたしかにひとつの個性の完成を思はせるのです(注3)」と、述べている。

また、太田青丘は『定本四賀光子全歌集』の「解説」において「息をひそめた冷静さが、双飛燕の後半期以後の四賀光子短歌の新しい展開を準備した。……中略……まことに四賀光子は〈ざくろ割れ柿の実赤く熟るる日をまだまだ青く太る柑橘〉の意欲と自信とを以て、〈天のごとく太陽のごとくわが上に輝きゐたるたましひ衰ふ〉（白き湾）夫水穂を全く離れて、真の自己の確立に精進しつつあつたのである。さういふ意味で双飛燕、とりわけその後半は、四賀光子短歌の、中期より後期における重要な転機をなすものであつた」（注4）と、『双飛燕』を意味づけている。

光子自身、『双飛燕』の「巻末に」において、

光子篇は前著「麻ぎぬ」につづく終戦後五ヶ年の詠作であります。光子は最初から水穂の指導をうけ自然主義歌風の興つた時代を出発点として作歌をつづけて来ました。天分の相違と十年の時代のずれが争はれないものをあらはして居て気おくれがするのであるが、もし私が少しでも自在を得て来たと思ふ作品を求めるならば、最近一二年のところにあるのではなからうか。即ち水穂が一切を放下した後をうけて、自分は自分自身を中心として行動すべく余儀なくされてから、漸くこの果実は自分なりの成熟をしようといふことになつたのではなからうか。ともあれ明日をも知らぬ老燕の双飛の姿をここに止めて老後の自慰とする次第であります。

と書き、水穂が一切を放下した後、自分は自分自身を中心として行動すべく余儀なくなり、自分なりに成熟してきたことを述べている。水穂を離れ、自在に歌うようになってきたのである。

以上のことを頭において、『双飛燕』後半の短歌を見ていこうと思う。

発光体ほのぼの耀《て》りて居たりけり生れしちごの匂ふ産屋戸　（「母躰」昭和二十三年）

昭和二十三年七月、青丘の二女が生まれた時の歌である。

席とりてなかなか暗くならぬ空リラ咲きて白し知る人もゐる　（「鎌倉市民座」昭和二十四年）
恋人とならぶる肩にあらねどもライラック匂ひ明るきたそがれ

身のまわりの庶民的な題材も積極的に前向きに取り入れる一方、次のような精神的な歌もある。

いと高きものにし似よといふ言葉平凡にしてしかも身にしむ　（「ゲーテ短詩」）
向上の一つの願求《ごんぐ》ある故にいのちのきはみ生きんとぞ思ふ

光子は、常に努力し、高きを求めて一生精進した人であった。
一方、この頃の水穂はどうだったろうか。

「茂吉大人より水穂老へ文たまふ」の詞書きと共に次のような歌がある。

会合にも出でぬは病むか弱るかと一言なれど思ひあふるる
論争の直ぐなりしかばその誠かたみかたみに知りいますらし
埒《らち》もなき文字忘れてはこの翁隣の室のわれを呼びたつ
（「老夫」）

かつて長い間、激しく論争した水穂と茂吉。真剣に一途に論争した仲であったからこそ、互いに尊重し合える仲であったと言える。

　斎藤さんとは長い論争の相手であったので、世間では二人が敵視して睨み合ってでもゐるやうに思ってゐる人もあるらしいのであるが、それは大変な間違ひであった。（注5）

と、光子は書き、茂吉の手紙を十四通ほど掲載しているのも意義深い。
水穂が次第に老いて一切を放下した後、光子が自分なりに成熟していった秀歌を、『双飛燕』の終りの方から拾ってみよう。

柑橘の果《み》は黒きまで青くして触るる指頭をはじきかへすも
青くあれ青くてあれよと吹く風に今日も青くて揺れゐる柑橘
（「青き柑橘」）

ざくろ割れ柿の実赤く熟るる日をまだまだ青く太る柑橘　（「熟るる木の実」）
わがみのりいつとか告げん秋すでに木の実の醸す匂ひ地に満つ
うす墨の眉ずみほそくけぶらへば老いづくわれの顔やさしかり　（「黛」）

六十代の後半になってもなお成長し、実りをとげようとしている光子の精神が、短歌の調べの中にひびいているのを感じる。個として自立しようとする力強さがある。
なお『双飛燕』は、水穂光子の合著であるが、巻末記も光子が書き、編集も光子に一任されていた歌集である。

注1　米壽記念文集『花紅葉』四賀光子著所収「疎開」二六〇頁〜二六一頁。昭和四十七年四月十五日。柏葉書院
注2　「潮音」昭和三十七年一月号（第四十八巻第一号）「四賀光子全歌集特集」所収「双飛燕　倉地与年子」七九頁
注3　「同」八〇頁
注4　『定本四賀光子全歌集』六〇二頁〜六〇三頁
注5　『行く心帰る心』所収「茂吉氏の手紙」一六三頁

八　『白き湾』

(1)　「潮音」を率いる

『白き湾』。この美しく象徴的な名前の歌集は、『双飛燕』につづく四賀光子の第五歌集である。B6判二五〇頁で定価三五〇円、五百九十首の短歌を収録し、昭和三十二年三月三十日、近藤書店より刊行された。水穂はすでに亡く、光子は七十三歳になっていたが、「潮音」を率いて気力は充実しており、『白き湾』は、四賀光子の代表歌集と言われている。

年代的には昭和二十六年から昭和三十一年までの六年間、光子六十歳後半から七十歳前半の作品を集めたものである。終戦後は、光子にとって多難な時期であった。光子は次のように述べている。

六十代になつて再び私は汗をかくことになりました。あの混乱な時代にしつかりと潮音社はまとめてゆかなくてはならない。水穂は老いて日本和歌史論をまとめるといふ重大な仕事があり、而も持病をもつやうになつて自ら陣頭に立つことを厭ふやうになりました。この時に私を支へて呉れたものはあの四十代に於て得た「不易流行」の真理とそのころの新思潮を

自分なりに戦ひとつた時の経験でありました。(注1)

前向きな光子は、「時代と共に進まなくてはならない。対立のものの中に尤もとるべきものがある」(注2)と考え、色々のものを学ぶと共に、若い人の力を信じて進んでいくのである。

七十代になって、光子は二人の愛する家族と死別する。夫の太田水穂と、青丘の妻満喜子が相ついでこの世を去っていくのである。『白き湾』には、夫太田水穂の病気とその死、満喜子の早逝といった二つの大きな身内の不幸の中で、短歌を支えとし歌いつづけた歌が多い。この多事多難な日々を、光子は誠に強靭な意志力と、明晰な頭脳と、幅広い心で乗り越えていく。

嗣子の太田青丘は、「一般人の範とすべき歌人(注3)」の中で、次のように光子の人間性を讃えている。

> 彼女の如く強靭に道を求めてやまず（中略……）、彼女の如く懐広く謙虚にあらゆるものに学ぶ包容性と柔軟性を持続した人は、誠に稀有といってよい。彼女が死の日まで枯渇せず若々しい歌風を保ち得たのは、かかる精神と態度から生れたものであることを忘れてはならない。

光子は、持って生れた天性の資質の上に、河口慧海について、法華経、勝鬘経、維摩経の仏典を受講して精神的に内的に深く広く高まっていったのである。河口慧海は、西蔵に潜入して、サンスクリットの大蔵経を将来した人で、せまい宗門の立場を離れ、汎仏教的立場から純粋に経典を講義されたという。光子は、東京府立第一高女に奉職していた頃、大正十年秋から十年間、雨の日も風の日も休むことなく毎朝六時から七時半までの河口慧海の早朝仏典講義に通っている。「私は当時田端に居りましたので市電の動坂下で電車にのり、下谷吉永町の御宅近くの停留場で降り、御講義を伺ひ、七時半にそれがすむとそこから池の端の東照宮の石段を上り、上野公園を横ぎつて上野駅前へ出て、浅草区七軒町の学校へ八時の定刻までにかけつけました（注4）」というから、ただ頭が下がるのみである。

光子は、外祖父岩波美篤がキリスト教の牧師であったこともあって、師範時代には毎日曜日に教会に通っており、女高師時代も教会に出入りしていたが、和歌を作り国文学を学ぶうちに仏教に心魅かれていった。河口慧海を師として学び、光子は次のように悟っていくのである。

いかなる時代にも真実だと云はれるまことの心、それが釈尊の教へに正法といふものだらう、それをつきとめて歌の心とし、各その時代時代の言葉で表現すべきで、色々の流派にこだはるのはつまらないことだといふことを知りました。（注5）

実に味わい深い言葉である。こうした精神を持ち、常に努力し向上する心を失わなかったからこそ、水穂亡きあとも、潮音の母として敬愛を集め信頼され、大結社を率いていくことができたのであろう。

中野菊夫も、四賀光子について、

私なども行動、態度には、わずかにしか知るところはないのであるが、しかも間接のことではあるが感銘を深くしている。私達が戦前、歌誌を発行した折の同行者の何人かは「潮音」社社中の人々であった。すでに別れて去った人に対する光子女史の態度を知る者の一人としては、この作者が、去った者への暖かい態度に対して、今日も印象を深くしていることがある。

文学の上での見解の相違と、人情との交錯する中で冷静な態度を示された夫人の態度の見事さは、今日も忘却することはない。(注6)

と、感慨を述べている。直観と象徴を提唱した水穂を師とし共に歩みながら、光子は年と共に自己を確立していくのである。

『白き湾』の巻末記に、四賀光子は次のように書いている。

近代短歌の発足以来色々の主義主張の対立を経て、今や漸く自分の立場だけが絶対のもののやうにいふ偏狭な考へ方は少くなつて来てゐるやうに思ひます。それはやはり相手を理解しようといふ時代の影響から来てゐると思はれますが、近代短歌もそれだけ成長して来たものと思ひます。伝統的日本的象徴を主義とした潮音に育つて来た私ではありますが、広く諸方面のことを学んで、将来又一つの段階に入るであらう短歌の前進に何らかの役割を果す日のあることを念願してやみません。

光子の代表歌集といわれる『白き湾』を深く読むためには、以上述べたような四賀光子の人間性、その幅広く謙虚な考え方、若々しくひたむきな精進を忘れてはならないだろう。

それでは先ず、昭和二十六年の巻頭の歌「地下水」からみていきたいと思う。

たたかひに焼かれし町に草木よりいち早く家家噴井《ふけゐ》走らす
揖斐《いび》川の底よりふかき地下水を誇りにいひてこの市民たち
地下水のかく清らかに湧く故に廃墟の町に又人ら住む
（大垣市）

戦火に焼かれ、廃墟となった町の人々が、先ず清冽な地下水を家々に走らせ復興してゆく。戦後の混乱期、短歌は「第二芸術」論や「奴隷の韻律」といった議論も出て悩み多かった光子が、この「地下水」の一連の歌を詠んで、短歌復興の道をあせらず歩み初めたことが分かる。

注1　歌誌「潮音」昭和三十七年一月号（四賀光子全歌集特集号）所収「作歌六十年　四賀光子」四〇頁
注2　同
注3　『新短歌開眼』（著者・太田青丘。平成五年八月五日発行。短歌新聞社）所収「一般人の範とすべき歌人」九四頁
注4　『花紅葉』所収「河口慧海師と私」二一〇頁〜二一一頁

注5　『花紅葉』所収「河口慧海師と私」二二一頁
注6　「短歌現代」（一九九七年十一月号。短歌新聞社）所収「名歌集渉猟」の「四賀光子『藤の実』」一八頁

(2)　水穂病む

『白き湾』の巻頭の歌「地下水」のあと、「一歩一歩」（昭和二十六年）がつづく。

ただ一人ゆく砂はまの一歩一歩われみづからの作りゆく道

この短歌については、「四賀光子と諏訪四賀」の項でくわしく書いている。『白き湾』の代表歌の一つであり、困難に直面していた当時の光子の覚悟が静かにそして決然と歌われている。
「一歩一歩」一連の最後に

磯にあげてゐる舟あればかたはらよりはたはたと波にいでゆく舟あり

の一首がある。具体的に写実的に歌っていながら、その奥には深いものを感ずる。太田青丘は『定本四賀光子全歌集』の「解説」において、この歌と、次の二首の歌

垣こえてやぶからしの蔓何本となく窓のガラスに手をのばしくる
目的のあるごとく急ぎゐし白鳥ら濠の隅までゆきてかたまる

を『白き湾』における象徴歌の代表例として掲げ「おほかた即物的に平易に歌はれてゐるが、背後には深い人生の意義・宇宙の姿がかくされてゐる」（六〇五頁）「四賀光子が写実風の作家と見られるのはその表面であつて、目標とするところは象徴にある」と述べている。

終戦後の四賀光子は、戦後の混乱と、夫・太田水穂の病弱に真向いながらも「潮音」を率いて前向きに進もうと懸命に努力していた。「一歩一歩」のあとには「死の休息」（一九五一、二、アンドレ・ジイド逝く）の歌がある。

死の休息の外は願はずといひし人死ぬとし聞けば思ひ安らぐ

この歌の背景について、光子には次のような文章がある。
「死の眠り以外の休息を希はない」
フランスの近代作家アンドレ・ジイドの著作『地上の糧』からこの言葉を見出して、肝に銘じたのは、戦後のまだ混沌とした世情の中に息あへいでゐた頃で、それも名古屋の米久保喜雄氏の家に宿泊して、氏が勤務に出られたあとの所在なさに、氏の書棚から取出した一冊の中に見出した一粒の真珠であった。その時私はもはや六十を越して、時代の奔流の中に身心共に飢ゑ渇いてゐた時であったと思ふ。この詞に深い感銘をうけた私は、その後老後の信条の一つとしてこの詞を忘れることがなかった。（注1）

まさにこの詞のごとく、光子は死ぬまで休まず精進していくのである。

昭和二十七年になると、水穂の健康は更に衰えていく。時には母となり光子は夫を支えていく。

繰返へしおれはいくつと問ふ人にねもごろに同じ返事をわがする

指さして驚く顔す西天の雲一どきにあかねする時

おだやかに思惟おとろへてゆく顔に夕ばえあせてくる空のいろ

そして、昭和二十七年六月十六日、水穂は脳出血で倒れる。『花紅葉』には次のように書かれている。

六月十六日

水穂この日朝より何となくもの憂い様子で口数少く返事をしてゐるうちに面倒くさくな

ったかして笑ってしまふやうな様子、少し気になる。……後略……

六月十七日　火曜

朝から水穂の様子どうもをかしく、昏々と眠るのみであるので心配になったから武久博士の来診を願ふ。診断の結果脳出血か脳軟化病かどうも後者らしいと言はれる。(注2)その後、水穂は脳出血の病状を呈し、右半身不随、言語も不自由の身となる。

天のごとく太陽のごとくわが上に輝きゐたるたましひ衰ふ（病夫）　（昭和二十八年「連雀」）

ものいへずなりたることのいとほしやいとほしといへばまた笑みかへす

手を足を五体をあげて委せたる妙好人に尿《しし》させ申す

戸を繰れば待ちゐしごとく笑顔して黒きひとみを光に向けぬ

「妙好人《みょうこうにん》」とは『広辞苑』によれば「行状の立派な念仏者。特に浄土真宗で篤信の信者をいう」とある。光子の夫・水穂への敬愛の情を感ずる。

病とはいえ半身不随となり、ものもよく言えなくなった水穂の胸中はいかばかりであったろうか。私自身夫が年老い、かつての知力と体力が日に日に衰えてゆくのを目のあたりにしていたためか、これらの短歌を読むと胸がしめつけられるようになる。精神の衰えほど哀しいものはない。

白きシーツに黒き二つの眼が澄みてしづかに人の瞬きをする
読み居るは大かたおのが著書にして過ぎ来し方に心遊ぶか
呼びつけて言はんとしたる言忘れおのが額《ぬか》打ちやがて笑ふも
新調のねまきの柄のよきことを言へばすなほに鏡をのぞく
白き髯しごきてすこし身じろげど呼ぶこともなし心足るらし
うつそみの痛みはなしと常いへど背中撫づれば快《よ》しといひてうめく

（「病閑」）

病床の水穂を詠んで、どの歌も平明に淡々としており、悲壮感を漂わせたり、誇張した表現はない。その抑制したむしろ明るささえある表現が、かえってかなしく心にしみる。五体をまかせている妙好人、黒い瞳の瞬き、新調のねまきの柄を喜ぶ素直さ、物忘れを自ら笑う水穂の魂は、赤子のような純粋さにかえっているようだ。「潮音」をうちたて、直観象徴の自説を高く掲げ、激しく論争した水穂の晩年は、妻であり弟子でもあった光子の母親のような愛に介護され、幼子のように邪気なく、静かである。愛し合い信頼し合っている夫妻の姿がある。

一方、水穂が病んでいる間、昭和二十八年二月二十五日、斎藤茂吉が死去する。

斎藤氏みまかりますと告げし時顔ゆがめしは哀悼と知る　（「連雀」）
弔辞終へて帰る文明氏の紅潮せる顔を大きく照明照らす　（「花環」）

太田水穂と斎藤茂吉は激しく論争したが、それ故にかえってお互いに認め合うところは認め、尊重し合っていたのだろう。三月二日の茂吉の葬儀に光子は出席し「森ふかく老樹仆るる」「病める獅子森の奥処に」などの歌を残している。

さて、こうした水穂の病の間に、光子が独自の道を一歩一歩歩き、詠み残した秀歌を歌集『白き湾』前半の中から拾ってみよう。

作者名も知られぬ一つの作品に「籬《まがき》の菊」の銘ありて残る　（昭和二十六年「展示会」）
帰りきてわが家の坂に立ちて思ふいそぐことなく枇杷は赤らむ　（「薄暮」）
しめり深き季節の窓に網はりて餌をまつ蜘蛛に花びらを投ぐ　（「ばらと蜘蛛」）
水にじむ雪解の谷に出でて遊ぶ黒きショールのわれとせきれい　（昭和二十七年「雪解の谷」）
柚《ゆ》の花の咲くともなしに季節《とき》過ぎぬわが予期せしははかなごとのみ　（「季節過ぐ」）
秋一日野寺の庭に歌碑建つと村長も主婦たちも子供らも来て　（正覚院）（「柊の香」）

注1　『行く心帰る心』四賀光子著。所収「進歩の余地」八九頁
注2　『花紅葉』日記篇　昭和二十七年（六十八歳）三二四頁～三二五頁

(3)　太田水穂逝く

脳出血で倒れた水穂を介護しながら「潮音」を守り、昭和二十八年は過ぎていった。年が明けても水穂の健康は回復しなかった。

光子は、昭和二十九年七月、青丘と「潮音」四十年記念号を編輯し、「潮音四十年略史」を執筆した。この年四月には、岐阜県土岐の歌会に招かれて出席したり、また西洋陶磁器展覧会、上野博物館におけるフランス美術展を見たり、十二月には飛行機に乗って京都に行き、桂離宮と修学院離宮を見学したりしていた。こうした見聞から受けた感動をうたった歌が昭和二十九年には多い。

藍色の壺は清冽の水をたたへ隊商は遠き砂漠を来たる　（「西洋陶磁器展覧会」）
病み長き夫の骨だつ胸に似るみこキリストを抱く母悲し　（「聖母」）
ドウエ包囲　ダンケルク入城　描き出す栄光多く戦争に係はる
夢に飽きしフランスの画家は克明に森の中に追はれる鹿を描きし　（「聖母」クールベ）

後の三首は「上野博物館にて仏蘭西美術展覧会あり」の詞書に始まる十九首の中のもの。国王の栄光が戦争にかかわったものであることを歌って鋭い。日本がまだ貧しく、人々の心の渇いていた戦後、ぞくぞくと入ってきた欧米の芸術作品は、私たちの心に新鮮な感動を与えてくれた。向上心の強い四賀光子は、積極的に外国文化を取り入れ、その感動を歌ったのであろう。

昭和三十年一月一日、まさに元日の朝太田水穂逝去。肺も病んでいた水穂が、痰を咽につまらせたのが直接の原因であった。四賀光子は、日記に次のように記している。

一月十六日

元日の朝は好天気で朝日がまばゆくさしこんで居たのでいつもの通り雨戸をくりながら「おのぞみの通りいよいよ八十になりましたよ」といふとにこにこ笑つてうなづいた。昨夜満喜子が鋏をもつて来て口ひげをきれいに刈つてくれたので洗顔の時「好い男になりましたよ」といふ「さうか」と云つて又にこにこうなづいて居た。只この朝は非常にたんがからんでごろごろのどの中でなつて居たがこれがそれ程危険のものとも知らず洗面をすませて片つけて雑煮をもつて来る間五分位あつたらう。枕元の吸のみをとりに行つたらもう息がなくなつてゐた。隣の座敷には青丘と孫たち集つておめでとうを云はうと待期して居たのであるが、声一つたてず息を引きとつて居たのである。(注1)

臨終のきわまで笑顔を見せて、水穂は死んでいった。

さし入りし初日の中にしろぎぬの亡き骸すがし死に給ひしか

（昭和三十年「遺骸」一月一日水穂逝く）

三ヶ日休みし窯は冷たくて戸まどふうちに柩入られる（一月四日）

夫をやくかまの轟きは聞かざりきまして烟のゆくへなど見ず

もろく落つる涙にくめばたはやすく悲しみの歌我はつづらず

臨終のきはまで見せしその笑顔あどけなくして我を泣かしむ

互いに信頼し合い、助け合い、「潮音」の発展のために苦楽を共にしてきた水穂と光子であった。覚悟していた死とはいえ、悲しみは限りなく深く大きい。水穂をうたった光子の歌は、その介護の歌も挽歌も、誠実な心からの愛の歌である。

「朝日新聞」の「折々のうた」（一九九七年十月二十二日）において、大岡信は「天のごとく太陽のごとくわが上に輝きゐたるたましひ哀ふ」（四賀光子）の歌を取り上げ

夫の歌人太田水穂の臨終近いころ妻が詠んだ歌。現代の夫婦にもこれほどの夫への献身があるとは、と思わせるほどの歌。古代の『万葉集』の時代も連想させるような悲傷の歌であ

る。水穂は昭和三十年元旦、七十八歳で逝去した。同じ信州の生まれだった夫妻は、論争家でもあった水穂の文学的浮沈の荒波を、二人してくぐり抜け、晩年合著歌集もある終生の同志だった。

と述べている。

時が経つにつれ、光子の悲しみは沈潜し、挽歌はしみじみと深くなっていく。

山吹もつつじ木蓮君が見し庭の花々みなたてまつる
お茶注ぎて最後のしぼり喜びしその一しづく今日もたてまつる　（「百日忌」）
春庭に栗毛の乗馬つながれてあるじいまさず花びらが舞ふ
百日紅燃えきらぬうちに埋むべし抱へられて一つの白き壺あり
出来るだけゆつくり足を運ばうよ一束の花もちて従ふ　（「埋骨」）
一かけら骨を机に秘むとてもとがめぬ君とわれは知りゐる
遠き地上に君ゐるごとく思へども乗馬の写真どこに送らん　（「山行」）

泣き叫ぶ慟哭も、過度な表現もなく、静かなかなしみが湛えられている。特に「埋骨」の一連は、自在に歌われていながら、その心情が心にしみ入ってくる。

しかし、光子はただ悲しみに埋没することなく「畳かへて今日よりわれのものとなる君が机にまづ何をよまん」と、短歌に打ちこんでいくのだ。そして、昭和三十一年、四賀光子の代表作といわれ、歌集の題名ともなった「白き湾」の一連が生れるのである。

黒松の防風林をふちとして一湾は銀の氷《ひ》を充たしたり
遠き岬も黒き翳もてる正午《まひる》にて海のみ白しこの国の冬
回帰線の南に遠くゆきしかば陽は翳を作る町にも丘にも
庭前の緋ばらの花もひる一とき色消して黒し海の銀の中に
亡き夫のものかく額に来て照りし海の光かかくするどくて

（昭和三十一年「白き湾」）

格調高い叙景の歌でありながら単なる叙景に終っていない。白と黒の鮮明なイメージが広がり象徴的な世界を持っている。太田絢子は、「景と心が一体となって神秘的な宇宙の姿が象徴されているのである。その姿は幽玄であり艶であるがそれは中世的な幽玄と違い、まことに知的であり現代的である」（注2）と述べ「黒松の防風林をふちとして……」の歌を『白き湾』の代表歌としてあげている。

『白き湾』の最後の部分は、青丘の妻満喜子の死と、それをめぐる家族の歌である。昭和三十一年五月、満喜子の早逝は、青丘はもちろんのこと四賀光子にとっても突然の衝撃的な不幸であった。水穂亡き後、潮音社を率い、光子も七十二歳となっていた。

まだすがるつもりなりしか否運来《らい》と思ひし時に亡夫《つま》の顔顕つ　（昭和三十一年「否運来」）
締め出されしガラス戸に向け童女の掌平手打ちして一撃に割る　（「何買ひやらば」）
不機嫌になりてどの児もよく食べず母の料理を思ひ出すらし
寡夫《やもを》の父人形ケースさげて来ぬ母さん居た時は買へなかつたがといひて
陽のあたる場所なかりきと裏山より降りきて独りごつ鰥夫《やもを》の男　（「鰥と狐」）
秋山に誘ふにもあらず誘はれんとまつにもあらず鰥夫とその母
「家の中も外も嵐だ」声揃へ子ら言ふ映画のせりふそのまま

これらの歌は、水穂の提唱した潮音独特の象徴のわくを出て光子独特の作品といってよい。平易に自在に真情を吐露した身辺詠家族詠である。家族を見つめる光子の眼はあたたかい。
四賀光子は、当時の心境を次のように述べている。

七十代になつて私は二人の近親者に死別しました。夫水穂の死は数年の病床の間にほぼ覚悟も出来て居り、悲しいといふよりはむしろ故人の業績に一歩でも近よらなくてはならないといふ気はひもあつて、私の姿勢はむしろ前向きと云つてよいものでした。……中略……然し青丘の妻に死なれた時は全くまゐりました。この時始めて歌とは訟へるといふことだといふ言葉の意味を知りました。……中略……歌がなかつたらどんなにこの苦しみのやりどころがなかつたであらう。歌の勉強をしてゐてよかつた、とつくづく思つたことでした。(注3)

家庭的な不幸の中でも、歌を支えとして四賀光子は歩みを止めなかった。そして『白き湾』後半には、次のような心に残る歌が生れる。

町ゆけばゆく先々に白髪のわれゐてほかに誰も人ゐず　（昭和三十一年「白髪」）

旅人のごとく入り来て腰おろす無料休憩所のベンチに一人

気を張りて経し生涯のつづきにて或は長きわれの余生か　（「老後」）

ペンネームを太田光子ではなく四賀光子とし、水穂とは別の個である自覚を持って進む決意を、早くから光子は持っていたと思う。しかし、あまりにも大きかった水穂の存在の影にかくれていた光子の資質と努力が、水穂の病気と死によって一気に溢れ出てきたのであろう。一歩一歩確実に歩んできた光子自身の歌が、代表歌集『白き湾』となったのである。

水穂氏を見送られてから以後の作品に自在さとみずみずしさが著しくもりあがって来てい

る。水穂亡きあと氏の周辺にせめてくるものを一身に力を集約し、凡てをうちこんで魂に刻んだ作品となったといっても過言ではなかろう。(注4)と、長沢美津は述べ、太田青丘は、これまで蓄積されてきたものが一気に噴出開花した最も充実し気力にみちた歌集であると『白き湾』を評価している。

最後に、四賀光子の個としての自立への覚悟と、その前向きな姿勢を示す一首を掲げたい。

栄辱を共に担ふと思ひしか君が栄誉は君だけのもの　（昭和三十年「埋骨」）

水穂の栄誉は君だけのものと、歌人として芸術家としての覚悟をうたっている。

注1　『花紅葉』日記篇　昭和三十年（七十一歳）三九一頁
注2　『白き湾』（短歌新聞社文庫）著者・四賀光子。平成四年九月十五日初版発行。短歌新聞社。一三〇頁
注3　「潮音」昭和三十七年一月号所収「作歌六十年」四一頁
注4　「潮音」昭和三十二年九月号（第四十三巻第九号）「白き湾」特輯所収「波うつ白き湾　長沢美津」六頁

九　『青き谷』

(1)　四賀光子後期の作品

『白き湾』につづく四賀光子の第六歌集『青き谷』は、昭和四十四年十一月、新星書房より出版された。総歌数七百七十四首、光子七十三歳から八十四歳に至る老境の作品である。

太田青丘は『定本四賀光子全歌集』の「解説」において、歌集『青き谷』の初め約三分の一を四賀光子後期の作品と位置づけ、残り約三分の二と「遠汐騒」を、晩期の作品と分けて考えている。私もこの考えに従って、『青き谷』を前半後半に分け考察していきたいと思う。

前半三分の一は『四賀光子全歌集』（昭和三十六年）所収の「青き谷」で二一九七首、昭和三十二年（七十三歳）より昭和三十五年（七十六歳）までのものである。この頃までの作品は「『白き湾』の延長線上にあり、なかなか意欲的であつた」(注1)と、太田青丘は述べている。

昭和三十七年（七十八歳）以後の『青き谷』の終りの三分の二については「自分の真実の所懐をそのまま吐露するという風の作が目立って来てゐるので、そのうちにおのづから作者の信念となつた人生観が窺へることに注目したい」(注2)と、解説されている。四賀光子を敬愛した養嗣子太田青丘の解説以上のものは見当らないと思われる。

ひろげたる一樹の枝に白き花見しは昨日かただ青き谷　（「青き谷」昭和三十二年）
雨止みてふたたび青き谷となり見ることはなしかの白き花
まぼろしのやうに消えたる花ゆゑにわれは来年まで生きねばならぬ
ただ一日咲きて消えたる樹の花の白きが長くわが目にやきつく

歌集『青き谷』巻頭の「青き谷」の四首である。『青き谷』全体を読み終えて、巻頭のこの短歌を再び味詠すると、際立って詩的に美しく感じられる。青き谷と白い花。谷の説明も白い花の説明もないが、それは作者の見慣れた鎌倉の谷の自然であろう。青い谷に見た樹の花の白さが眼の底にやきつき、その花を見るために来年まで生きねばならぬという。幻想的とさえいえる非現実的な美しさの奥に永遠なるものを感じさせてくれる。

三度程障子にぶつかる生きものの音して深き闇がのこさる　（「深夜」昭和三十二年）
埴輪《はにわ》の目のごときうつろの穴二つ蟬いまも育つ山の古みち　（「亀ヶ谷」昭和三十三年）

などの歌も、単なる写実の歌ではなく、奥深いものを持っている。四賀光子の詩的感覚は、老いても衰えてはいない。

次の「黒き貨物車」の一連もまた、眼の前の黒い貨車から、一つの闇の世界を想像させる。

放たるる思ひに出でし都心なりいつよりか黒き貨物車つきくる

どこからか黒き貨物車あらはれて枯野の軌道重くとどろく

たそがれの冬野を走る貨物車は戸口なくして只黒き箱

おびただしき物資いづこに運ばるる急行貨物車長き笛ふく

人ころす武器のたぐひと思はねど夜闇に消えし黒き貨物車

駅はいま午前の日ざし明るくて貨物なき貨物車皆戸を開く

（「黒き貨物車」昭和三十五年）

この一連について、太田青丘は「即物より入りながら、すこぶる構成力に富む意欲作」[注3]と述べ、また葛原妙子は「この黒い貨物車は極めて暗喩的であって昼夜を分たず国土を横行する不逞、不吉な輩の面影を捉え出している。……中略……一輛の貨物車を用い、さらに適度な想像力と構成力を働かせ、作者のかつての戦争体験下の不安な内面を作品の上に創造して行ったものであろうと思われる(注4)」と論じている。

一方、この頃、四賀光子は日本国内のあちこちを旅行し、数多くの骨のある旅行詠を詠んだ。

百年前赤き血吸ひし土ならん浄く掃かれて崋山祭あり　（「崋山祭」昭和三十三年）

前方後円の古墳をめぐりて畑なりトマトは赤く西瓜は青し　（「大和路」昭和三十四年）

五百年の宮の練塀《ねり》のはづれにて桶職人が桶たたきゐる　（「西宮神社」）

生れたる子は骨のなき蛭子《ひるこ》とて海に流せし事実を伝ふ　（古事記）

湖《うみ》白く屋後に柿の赤き村変らぬものをかなしみて見る（柿の村人氏を憶ふ）　（「南信濃」）

これ等の作品は旅行詠といっても、作者の歴史や社会に対する深い感慨がこめられており、四賀光子の教養の高さがにじみ出ている。最後の歌は、下諏訪町に島木赤彦を偲んだ歌である。太田水穂と島木赤彦は、象徴と写実をめぐって激しく論争しているが、二人は長野師範学校の同級生であり、『山上湖上』(明治三十八年)は、水穂と久保田山百合(赤彦)との合著である。心の中では互いに敬愛し、良きライバルとして切磋琢磨していたにちがいない。赤彦は逝き、水穂もこの世を去ったが、信州諏訪の家々の庭には昔のように柿の実が赤く色づき、諏訪湖は変ることなく白く光っている。「変らぬものをかなしみて見る」に万感の思いを感ずる。

『青き谷』前半の頃の四賀光子は、老年を積極的に生きているのである。

老年に恥ぢぬ仕事をわれもちて週に一回東京にゆく
美しき白髪《しらが》よといひて中年婦人立ちて電車の席ゆづり給ふ
（「青き谷」昭和三十一年）

四賀光子は、己の白髪に自信と誇りをもって励んでいる。「死の眠り以外の休息を希はない」というアンドレ・ジイドの言葉に深い感銘を受けた光子は、これを老後の信条の一つとして絶えざる努力を続けるのである。光子は、昭和三十一年から四十年まで宮中歌会始の選者を委嘱され、東京へ通っていた。

死ぬるまで伸びんと人の前にいひおのが言葉に責を負はしむ（偶成）
（「待つこと」昭和三十四年）

四賀光子の覚悟である。

さて、四賀光子に対しては保守的であるという批判もあるが、次の歌を詠むと、社会に対してしっかりと眼を開き、歴史の流れを見つめていたことが分る。光子には時事詠・社会詠も多い。

紙屑が風に舞ふ音を終幕としたる映画にてその音いまも（「映画」昭和三十五年）

すこし痩《や》せて妻と歩めば平凡な市民にすぎずニキタ・フルシチョフ（「テレビニュース」昭和四十年）

静かなるデモに加はりよる遅く帰りし乙女庭だけは掃く（「デモある日」）

一首目は死の灰の歌であり、三首目はデモに参加した大学生の孫を詠んだものである。

咲かぬかも知れぬ黒百合球根を土に埋めてもはや疑はぬ（阿寒土産）（「黒百合」昭和三十五年）

前半最後の歌である。この歌について青丘は「作者の人生についての芯の強い並々ならぬ覚悟を聞く思ひがする」（注5）と述べ、葛原妙子は「真の作家のみにゆるされる潔い覚悟をみる」と結んでいる。まことに精神力の強い歌人であった。

注1『定本四賀光子全歌集』解説六〇五頁
注2「同」六〇七頁
注3「同」六〇六頁
注4「潮音」昭和三十七年一月号所収「歌集『青き谷』覚え書」八二頁
注5『定本四賀光子全歌集』六〇六頁

(2) 四賀光子晩期の作品

歌集『青き谷』の後半三分の二を、太田青丘は、四賀光子晩期の作品と位置づけている。これは、昭和三十六年に出版された『四賀光子全歌集』以後、昭和四十四年(八十五歳)までの作品にあたる。『四賀光子全歌集』は、光子七十七歳喜寿の年に発刊され、東京学士会館で盛大な出版記念講演会及び祝賀会が催されている。

昭和三十年一月一日に太田水穂が逝去してから十数年の月日が経ったが、潮音は四賀光子主幹の元に、見事に拡大発展してきた。これは、時代の流れもあるだろうが、四賀光子のたゆまざる努力精進と、その寛容柔軟な人間性によるところが多いと思われる。養嗣子の太田青丘は、光子の人間性を讃え

彼女が水穂の死後、潮音主幹として潮音といふ大世帯をまとめ、若い同人からも適当に刺戟をうけて、潮音の新しい進路を導いて行ったことは、水穂の日本詩歌の全体を見透して自らの方途をさぐる史観や、芭蕉の不易流行観に学ぶところもあったらうが、彼女が極めて聡明で、公式主義や硬化したかたくなさには縁遠い人物であったためである。(注1)

と、述べている。

まことに、四賀光子という歌人は、聡明な頭脳と強い意志力をもって、死ぬまで作歌を止める

ことがなかった。「潮音」（昭和三十七年一月号・四賀光子全歌集特集号）の「作歌六十年」において、四賀光子は

思へば私は若い時代に晶子のやうに花やかな存在を示す程の歌がなかつた。勿論天分のちがひがあるが又時代のちがひもある。しかし晩年の晶子には老年の歌がなかつた。私に残されたものはもう老年きりしかない。これから老年の歌を作らう、前人の誰も読まなかつた老年の歌を作らうとひそかに思つたことがありました。さうして努力して来ましたので、これからも命ある限りこの老年の正直な虚偽のない歌をつづけてゆきたいと思ひます。（注2）

といい、これからの自分は老年の歌を作っていくのだと決意を述べている。これより先に「作歌と老年意識」においても四賀光子は

残された老年の境涯といふものは、新詩社の女歌人たちも歌はなかった境地である。そこにはやはり人間としての喜びも責任も抵抗も夢もある。それらを老年らしい自由と自然さとで、より素朴に、より豊かに、より深く歌って、人間としての成熟を遂げたい。（注3）

と書き、老年になって益々意欲的に、自由に自然に素朴に豊かに深く老年の境地を歌っていきたいと、強い意欲を見せているのだ。

ただこの強い精神力にも拘らず、体力はたしかに徐々に衰えている。昭和三十七年夏（七十八歳）右眼の眼底出血、また昭和三十九年（八十歳）にギックリ腰を病み、以後腰痛に悩むように

なる。太田青丘の『太田水穂と潮音の流れ』によれば、右眼眼底出血は、瞳の真裏の中心部で、医師からは完全に回復することは無理といわれても読書を続け、「八十代から腰痛に悩まされながらも、死の二日前まで家の中を二本の杖にすがって便所にもゆき、風呂にも入ったことは、何よりもその強靭な意志力・精神力を示すもの」（一四二頁）とのことだ。四賀光子の人間像が彷彿として浮かび上ってくる。

すでに幾度か述べたように、四賀光子は、アンドレ・ジイドの「死の眠り以外の休息を希はない」という言葉を信条として生きぬいた人である。歌集『青き谷』の後記にも

四賀光子全歌集の後記で「今一奮発、最後の成熟をとげたい」といふことを云つて居ますが果して如何なものでせうか。只「死の休息の外は願はない」と云つた故人の言葉に今も励まされてゐる私であることだけを申上げておきます。

と書いている。

充つるといふ思に遠しひたすらに生きししるしをみづからに問ふ
（「生きししるし」昭和三十六年）

死の休息の外は願はずといひしことばふたたびわれの関心となる

『四賀光子全歌集』を出版した際の歌である。『青き谷』の後半は、このように自分の信念をうたったものが多い。

意味なしと若きが怒る身辺詠　明治大正二代を賭けぬ　（「それぞれの生き」昭和三十七年）
あんな本公式主義と人は云ふその公式をわれは学ばん
おのがコース急げばわれはふり向かず若きら作るよき歌なども　（「立春」昭和四十一年）
明治より昭和に長く生うけしわれなり昭和の人と呼ばれん　（「明治の歌」昭和四十四年）

四賀光子は、前向きで常にプラス指向の人であった。だから、総じて四賀光子の歌には、人間の弱さ哀しさ、奥深い心の闇や心理のひだなどを感じることはできない。川端康成がガス自殺した時も「何だ、自殺するなんて！」と吐きすてるように言ったという四賀光子の精神は、理性的で誠実健実また明朗積極的なものであった。それだけの健康と才能に恵まれ、自己の精神力で人生の幸せを築いてきた人である。

死ぬるまで伸びんと人の前にいひおのが言葉に責を負はしむ
明治より昭和に長く生うけしわれなり昭和の人と呼ばれん

この二首について太田青丘は「彼女の九十年に及ぶ常精進の風光をよく暗示してゐる(注4)」と述べ、太田絢子も八十代の光子のこれらの歌には「強靭な意欲が窺はれる(注5)」と述べている。しかし、四賀光子はある意味で己をよく知った人でもあった。

われみづから許さんとして涙おつひたすらなりき凡人の生き（「凡人の生き」昭和四十一年）

四賀光子は、晩年に至るまで与謝野晶子を意識していた。自分が与謝野晶子のように感性の豊かな天才的歌人ではないことを自覚していたのか。己れの歩みを省みて「ひたすらなりき凡人の生き」といい、涙をおとしている。太田青丘も「歌人としての感覚、才能等において、彼女より勝れた同輩もしくは後輩は相当数あげられよう(注6)」といっている。しかし、四賀光子は、死ぬ日まで努力精進することによって、自分の歌を作り上げ自己を大成させ、前人の歌えなかった老年の境地に踏み入っていったのである。

最後に、老いてもみずみずしい感性と、深い情感を持つ短歌を数首掲げたい。

暮れかけていよいよ白くなる百合の蕾ゆれ居て長き夏至の日（「百合」昭和四十三年）

帆をあげねば白き帆みんな翳もちてヨット群れ居り曇り日の海　（「波」昭和四十三年）

いつの世より生きつぎ来にし葛ならんこの山道に花をこぼして

（亀ケ谷切り通しの坂を上りつつ　昭和四十三年）

鳥が音も一とき絶えて午近し槌音ひとつ谷にこだます　（「槌の音」昭和四十三年）

注1　『太田水穂と潮音の流れ』（著者・太田青丘。昭和五十四年八月二十五日発行。短歌新聞社）所収「四賀光子の人間像」一四三頁

注2　「潮音」昭和三十七年一月号「作歌六十年　四賀光子」四二頁

注3　『行く心　帰る心』一五六頁

注4　『新短歌開眼』（著者・太田青丘）所収「常精進の人、四賀光子」九六頁。昭和五十四年八月。短歌新聞社

注5　「潮音」平成十年三月号所収「四賀光子の歌　太田絢子」三三頁

注6　『太田水穂と潮音の流れ』所収「四賀光子の人間像」一四三頁

十　「遠汐騒」

昭和三十年元旦に水穂が逝ってから、四賀光子は潮音の主幹として、潮音の発展にひたすら努力してきた。戦後の日本の経済発展と平和という時代背景もあったが、光子の稀有な包容力により潮音は順調に大を成していった。

昭和三十九年八月、箱根仙石原における第十回潮音大会において、光子は八十歳を機に潮音主幹を辞退する旨を表明した。翌四十年一月より、養嗣子太田青丘が潮音代表となり、光子は潮音顧問となる。

青丘は本名兵三郎。水穂の亡兄、太田嘉曾次の三男で、八歳の折、子どものない水穂光子夫妻の養嗣子として引きとられた。この幼児保育の経験は光子の精神生活に大きな影響を及ぼした。安定した親子の関係を築き上げるまでには、相当の精神的苦労もあったにちがいない。光子の誠実な愛と真心、努力により、青丘はたのもしく成長し、潮音の後継者として全幅の信頼を寄せられるに至ったのである。青丘は、昭和五年、東大文学部支那哲学支那文学科に入学し、卒業後も引続き同大学院において中国詩学の研究に従い、作歌にも努力してきた。昭和四十年、潮音創刊五十年記念号を刊行し潮音代表となった時、青丘は五十七歳であった。

この太田青丘が、光子死後、遺歌集「遠汐騒」を編み、『定本四賀光子全歌集』の最後に加えたのである。従って「遠汐騒」は一本の歌集ではない。「遠汐騒巻末記」によれば『青き谷』以後、死の数日前に詠んだ四月号所載の遺詠四首まで、即ち昭和四十四年（数へ年八十五歳）秋から昭和五十一年（九十二歳）三月までの作、殆んど大部分潮音掲載のものであるが、短歌研究昭和46・3所載の青き地球、短歌昭和47・1所載の笑顔、短歌昭和49・8所載の与謝野晶子夫人三十三回忌の二十余首を加へた四百五首を以て遺歌集として編み、(注1)……後略……

となっている。なお、四賀光子は『青き谷』以後は比較的寡作で、自ら歌集を編纂しようとはせず、昭和五十一年この世を去った。

遠汐騒という題は、光子九十歳の賀の折の作

九十年生き来しわれか目つむれば遠汐騒の音ぞきこゆる

から採ったものである。青丘は同巻末記に「ここには十代後半に作歌に食指してから七十余年、八十代後半から九十代にかけて、彼女がこの道に寄せた熱い祈りと執念の結集であることを言ふに止める」（五七二頁）と、敬愛の心こもった言葉を綴っている。遠汐騒とは相模灘の潮の音か、

それとも「潮音」の歌声、歩みの音だろうか。

つくつく法師不意に啼き出でて谷戸《やと》の空一ひら赤き雲を浮べし　（「紅き雲」昭和四十四年）

「遠汐騒」巻頭の一首である。朝夕に眺める鎌倉の風景を光子は愛し、鎌倉の自然に心をいやされている。「つくつく法師」と「一ひらの赤き雲」、老いても詩情のある歌である。

暖きうちにたべよと石焼いも買ひ来て呉れぬわが家の父《とう》さん　（「葉牡丹」昭和四十八年）

一つ泊つたらけえるぞと戸口に立ちて居し頑童なりき九十姥余生を頼む　（「歌集飛瀑」昭和五十年）

涼しげに濡れたる庭に夕顔の花白く咲きぬ早く帰れ青丘　（「創君《つくるくん》昭和五十年）

一つ泊つたら帰《けえ》るぞと拗《す》ねし汝なりき水穂生誕百年誌四百頁を編む　（「頑童知るは我のみ」昭和五十一年）

これからはきつとがまんするきつとするまあふんで見ろ母に踏ますする

これらの歌を読むと、最晩年の四賀光子がいかに心の底から青丘を信頼し、母としての愛情を持っていたかが分る。青丘も、光子の信頼によくこたえ、子としての孝養を尽し、また潮音代表として「水穂生誕百年記念号」を編むのである。（五十一年一月号）

総じて「遠汐騒」の歌は、晩年の四賀光子の心の中の思いが、自在に口をついて出た感じのものが多い。そしてそこには、今まで歩んできた光子の人生の深さと重みがある。

死ぬるまで伸びんと云ひし若き日の不敵の言葉今思ひいづ（「アカシアの窓」昭和四十七年）
腰押されのぼる坂道ふと思ふ一人往かねばならぬ坂あり（「世相」昭和四十八年）
鶩を主題の短歌古しといふ古きを拒まじよきものはよし（「交通スト」昭和四十九年）
九十代いつ迄生きん今日よりのわれの責務と背骨を正す（「九十代」昭和五十年）
四年目毎に水穂立案の潮音大会了へてゆくべしその日待ちませ（「待ちませ」昭和五十一年）

どの歌にも光子の生きる姿勢が出ている。

二首目の歌について、大岡信は朝日新聞「折々のうた」に「最晩年までぴんと背筋を張った歌を作る人が多い女性歌人の中でも代表的な一人だった。『一人往かねばならぬ坂』という表現はさりげなく厳しい」と、書いている。「一人往かねばならぬ坂あり」の下の句には、光子の深い人生観が平明にしかと表現されている。この歌ではっと励まされるのは、私一人ではないと思う。

まことに、四賀光子は死ぬまで背骨を正し前向きに努力した歌人である。歌集の題名ともなった「九十年生き来しわれか目つむれば遠汐騒の音ぞきこゆる」の歌は、この歌集の代表歌といっていいだろう。これは昭和四十九年正月数え年九十歳を迎えた折の作品である。この年五月勲四等宝冠章を受章し、七月に九十の賀と合せて祝賀会が開かれた。その折、光子はしっかりした足どりで席に臨み、次のような挨拶をなしている。

　私は天才には天才としての生き方があり、凡才には凡才としての生き方があると早くから考へて、あせらず、然し怠らず生きて参り漸く今日のところまでこぎつけました。凡人の私は九十代も努力に生きて自分なりの老の花を咲かせたいものと思ひます。(注2)

誰も四賀光子を凡人とは思わない。しかし、天才というより非凡な努力精進の人であったと言えよう。水穂の「日本的象徴」を身につけながら、ひたすら歌いつづけ、晩年は独自の平明自在な歌風により老の花を見事に咲かせたのである。

その死も、まことに四賀光子らしいものであった。亡くなる一週間前まで歌を作り、前掲の「四年目毎に水穂立案……」が絶詠となっている。三月十四日にはしっかりした字で歌を揮毫した。二十日の夕方から体に変調をきたして寝こみ、昭和五十年三月二十三日、安らかな死顔に、美しさと気品を漂わせながら、静かにこの世を去った。老衰による急性心臓衰弱症であったという。

思えば二十一歳の折、水穂に求婚され、女高師卒業まで六年待ってもらって結婚し、水穂を師と仰ぎながら、その片腕同志となって水穂を助け、水穂死後は、今まで蓄えていた実力を一歩一歩着実に発揮し、力のかぎり潮音の発展につくした。

明治の同時代、同じ信州から今井邦子（明治二十三年生）、若山喜志子（明治二十一年生）が出、近代短歌史上に足跡を残したが、この三人の中で、四賀光子は最も確かな幸せな一生を送ったと言ってよいだろう。当時の女性としては最高学府を卒業し、安定した結婚生活を送り、その知性と人柄と努力によって、九十二歳の最後まで着実に歩みつづけ、歌の道に精進し老年の花を力いっぱい咲かせた歌人である。

注1　『定本四賀光子全歌集』所収「遠汐騒巻末記」五七一頁～五七二頁
注2　『春江花月』太田絢子歌論集所収「遠汐ざゐの歌」九六頁～九七頁

十一　四賀光子と諏訪四賀

(1)　四賀小学校

平成十年三月十六日、信州諏訪の空はおだやかに晴れた。前日の十五日、甲斐から信濃の峠には雪がふぶき、からまつの梢に枝に雪が白く積っていた。富士見高原から諏訪地方の田や畑、人家の屋根も一面うっすらとした雪景色で、東京とは違った静かな美しい眺めであった。そんな春の雪も今日の日ざしにたちまち解けていく。

四賀光子の郷里は、長野県諏訪市四賀である。合併前は、四賀村といい、茅野市に近い農村地帯だ。私の高校の恩師でアララギ歌人でもあった茅野貫一先生も四賀村の出身であり、島木赤彦の愛弟子の一人であった五味巻作、ブラジルに入植しかの地で短歌運動を起こした岩波菊治（アララギ）など、皆四賀村の人であることから、一度四賀村を訪れたいと思っていた。いよいよ今日実現できることになり、朝から気持が亢ぶっている。

四賀光子の本名は、太田みつであるが、父母が四賀村の出身であり、本籍も四賀村にあったことから、故郷への思いをこめ四賀光子のペンネームで歌を発表したという。『四賀小学校百年史』

には、次のような光子の手紙文が載っている。

私は父が教職、官吏などの職に居て転々と各地に移動しましたので四賀小学校に居たのは三年生の時一年在学したきりで何の記憶もございませんが、先年人から四賀のいわれをたずねられて次のような歌をつくりました。

ペンネーム四賀のいはれを問はれたり

諏訪四賀村はわれのふるさと

……中略……　弟たちはみな四賀学校を出て諏訪中学を終えて今は東京に居りますが、毎年諏訪へは帰るようです。（二七八頁）

また、光子は「八ケ岳諏訪四賀村の丘の上にちちはは眠りてゐることと思ふ」ともうたっている。

この諏訪市四賀に、赤彦研究会、信濃文学会の北沢実氏がいらっしゃり、光子の跡を一日案内して下さることになった。北沢実氏は、長く教職につかれ、県下の中学校長を歴任されたあと、四賀公民館長を勤められ、現在は文学研究のかたわら地域文化の向上のために活躍されている。

北沢氏と姉と私の三人は、北沢氏の教え子・両角しげさんの運転する車で、まず諏訪市の「文学の道公園」に行った。「水と緑の文化都市づくり」の一環として、ふるさと創生の思いをこめ、平成元年に作られた公園で、諏訪市の生んだ文学者の文学碑十九基が川に沿って建っている。

四賀光子の歌碑の歌は

不二を正座に八つと甲斐駒侍立志て

雲乃どん帳志つ可に下りくる　光子

『歌碑を訪ねて』（宮坂万次著）には「碑は霧ヶ峰産の自然石を台座に据え、その上に縦八十糎、横三十糎のインド産の黒御影石を建て短册型に黒々と磨き上げた面に、光子の自筆の歌が彫られている。(注1)」と正確な説明がある。

次に、四賀小学校に向かう。先に述べたように、光子は明治二十六年小学校三年生当時、一年間四賀小学校に在学したが、翌二十七年には父の転任に伴い飯田市の小学校に転校した。光子の父・有賀盈重は、明治三十四年三月、諏訪郡四賀村四賀尋常小学校訓導兼校長となり、郷里の学校でもあったため、青年の教育にも熱心に取りくんでいる。

昭和四十八年、四賀小学校は創立百周年を記念して四賀光子に短歌を請うたという。四賀光子は、学校の要望にこたえ、開校百年祝歌として、次の二首を書いた色紙を学校に贈った。

幼くてわれも学びし四賀学校開校百年拍手をおくる

只一人ゆく砂はまの一歩〳〵己れみづからの作りゆく道

いづれも「光子　八十九歳」の署名がある。
光子の遺歌集「遠汐騒」には「開校百年」と題して五首の歌が載っている。

開校百年記念日近し歌よこせ色紙送れと要請しきり
幼くてわが学びたる四賀学校開校百年と聞きてとまどふ
九つの時に学びし四賀学校われ八十九と思ひてうなづく
紀元節の唱歌教へし松本先生オルガンなくて机叩きし

思いがそのまま言葉となり歌となっているようだ。歌碑に彫られた短歌は

光子
八十九歳

只一人
ゆく砂はまの
一歩〳〵
己れみづからの
作りゆく道

の一首で、歌集『白き湾』所収。昭和二十六年作「一歩一歩」の歌五首の第一首目の歌である。
この時の情景について光子は次のように書いている。

今でもまざまざと思ひ出しますが、私はある日何ともやるせない胸を抱いて一人で由比ケ浜に出て砂の上を歩いて居ました。今のやうに海岸で遊んでゐる人など誰もありません。その時私は次のやうな歌を作りました。

只一人ゆく砂はまの一歩一歩われみづからの作りゆく道

砂浜には道はありません。只自分で方向をきめて一歩一歩と自分で作つてゆくより外ありません。そして又一首できました。

砂はまに道はなけれどわが歩みいつか砂丘をこえて来にけり

さうだ。一歩一歩でも前進すればいつかは砂丘もこえられる。自分で作らなければならない道だ。かう思ひまして私の覚悟がきまりました。六十代の後半のことでございました。この覚悟が出来てから私はもううしろ向きの歌は作らぬやうに、前向きに前向きにと自分をはげまして参りました。(注2)

戦後の混乱期、歌壇にもいろいろの混乱があった。しかし光子の師でもあった水穂も老いて病んでおり、もう頼ることはできなかったのである。一人の道をゆくより外はないのだという光子の覚悟の歌である。一歩一歩前進する。四賀小学校もいい歌を頂いたものだとしみじみ思った。

歌碑は、四賀小学校の校庭、校舎の入口近くにある。高さ一米の自然石に碑板をはめ、歌が刻まれている。左下に「昭・56　卒一同」と彫られている。卒業生一人五百円ずつ出し合い、教職員や石材店の協力によって建立されたそうだ。

ここで記念の写真を撮り、北沢氏の御案内で校長室に入る。矢崎豊武校長先生が、歌碑の元となった光子の色紙を見せて下さった。八十九歳とはとても思えない端正なしっかりとした字である。光子の短歌も字も私の心をゆさぶり、叱咤激励される思いがした。

この歌を作り、この色紙を書いた四賀光子の精神力の強さを思った。

注1　『歌碑を訪ねて』（著者・宮坂万次。平成十年一月一日発行。発行者・歌碑を訪ねて刊行委員会。あさかげ叢書第七十八篇）二〇四頁

注2　『花紅葉』所収「みづから作る道」）三二頁

(2)　四賀光子の親族

四賀小学校の校庭は山に続いている。山の斜面には、まだ雪が残っていた。この小高い山に、校庭に遊びたわむれたであろう明治の子どもたちの声が、地の底から湧き上ってくるような気がする。

学校を後にして、次に四賀光子生家跡に向かう。正確な住所は、諏訪市四賀南神戸といい、茅野市との境目にある農村地帯で山が近い。

四賀光子の生家、有賀邸跡は、今ひろびろとしたりんご畑にとりこまれている。畑の持主の溝口さんや九十歳を越えるおばあさんも出てきてくれ、四賀光子の生家跡はたしかこの辺だろうなどと言い、畑の中程をいっしょに歩いてくれた。おだやかな三月の日ざしがりんご畑に明るく射し入り、りんごの木が濃い影を土に落としている。

歌集『藤の実』の終り近く「ほだし」に「諏訪四賀村の生家に子を伴ふ」の歌十二首が載っている。

帰り来てながむる庭の夏柳ふるさとの家に住む人はなし
人も居ぬ空家の庭に白玉のむくげの花の花ざかりなり
植ゑおきし人は誰ぞや夏草の花あかあかと咲きのこりたり
家ゆすり遊びし子らはいづこぞや日にとざしたるふるさとの家
我が知らぬ遠きみ祖《おや》もこの家に住みて見にけん琴平山《こんぴらやま》の月

『藤の実』は、大正四年から大正十二年までの歌を集めたものであるから、大正十年前後、光子の生家に住む人はなく、夏草が茂り花のみが咲いていたのであろう。

更に、歌集『朝月』の昭和二年「手習」には「八月上諏訪に父母を訪ふ」の詞書と共に

みづうみもいでゆも我に何ならん母ありてかへるふるさとの家

の一首がある。この光子の生家跡は現在りんご畑となっており、光子一家の昔をしのぶ物は何一つ残っていない。時は移り、人は死に、時代は変わっていくのだ。光子の父盈重は、昭和十二年五月二日、長男篠夫の任地である北海道小樽市で死去している。また母まよも、同年八月父の後を追うように同地でこの世を去っていった。

やがて一と月もたてば、この地のりんごの木は芽吹き、白くうすあかい花を一面に咲かせることであろう。

光子の母まよの生家跡にも立ち寄ってみる。ここもさら地になっていて、何となくものわびしい。屋敷跡の土に蕗の薹がここかしこと青く萌え出ており、眼に沁み入る思いだった。

北沢実氏にすっかりお世話になり、午後はまず、諏訪市中洲に岩波茂雄生家跡をたずねた。小泉寺という寺の前面に、「岩波茂雄先生生誕之地」という石碑が建っている。「低處高思」（岩波茂雄自選座右銘・友人安倍能成筆）の碑があり数本のアララギの木が茂っていた。

ここから歩いて数分の所に、四賀光子の従姉妹の長女岩波ちまきさんの家がある。あらかじめ北沢氏が連絡して下さってあったためか、ちまきさんの弟の岩波岩治さんも見え、ともども待っていてくださった。

岩波ちまき・岩治さんの母よしは、光子の従姉妹にあたる。よしの母すみ（ちまき・岩治の祖母）が、光子の父有賀盈重の妹になるからだ。次に簡単な系図を示す。

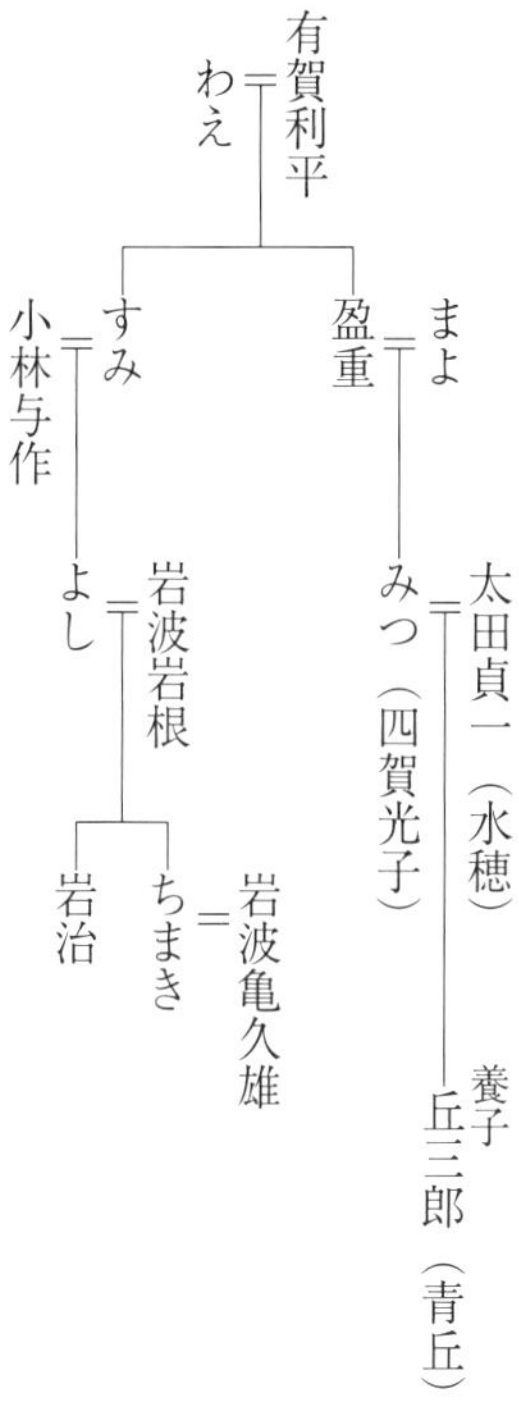

四賀光子は、よしを、諏訪にいる唯一の従姉妹としてとても大事にしていたという。また両岩波家も、四賀光子を一族の誇りとし尊重しているのだろう。光子の手紙、色紙、光子関係の本や資料など損うことなく大切に保存されている。整然とスクラップされた光子の手紙や年賀状を見せて頂き、私は心の洗われる思いがした。

余談になるが、今井邦子の姉・はな子が結婚した岩波純一は、今日お目にかかっている岩波岩治さんの家の分家とのことである。したがって、岩治さんと「明日香」の岩波香代子とは親戚関係になるわけだ。と、すれば、四賀光子と今井邦子は、遠い遠い親戚であったということになるのだろうか。田舎では思わぬところで縁が繋がっているものだ。ちまきさんの家では、四賀光子、今井邦子、岩波香代子自筆の短歌の掛軸や、光子の父春波（号）の絵などを所蔵しており、飾って見せて下さった。

ひぐらしの一つが啼けばふたつなき
山みなこゑとなりて明けゆく　光子

歌集『麻ぎぬ』の歌である。私も好きな歌の一つであるが、光子自身気に入っていた歌なのであろう。この短歌を書いた色紙もあった。

ここには、光子の父盈重（号は春波）の詩歌集や、書画、写真、また光子の父方の祖父有賀利平の伝記『諏訪の篤農家　有賀利平翁傳』(注1)など貴重な資料が多々あり、実際に目にふれ手にとることができた。『有賀利平翁傳』の序文には

有賀利平氏は、梅畫家有賀春波翁の嚴父であり、日魯漁業會社勤務の有賀篠夫氏、東洋製

罐會社勤務の有賀松夫氏、歌人四賀光子氏等の祖父である、諏訪が生んだ偉大なる先覺的篤農家であり、又諏訪にとつて偉大なる恩人である。

今から五十年前、すでに多角的農業を叫び、みづから汗してその經營に當るとともに郡下の村々をめぐつて、農事改良の實際指導に骨身を砕いた人である。(注2)

と書かれている。利平の考えや行為は、当時の世の人よりあまりにも進んでいたため、一般農民には理解されなかったようだが、父ゆずりの進取の精神と旺盛な研究心を持っており、諏訪の地にりんごや梨、スグリを植え、初めてクローバーを信州に移入したそうだ。良い堆肥を作るため、毎日甲州街道に落ちている馬糞を拾い集めた話は有名である。

一方、母方の祖父（母まよの父）、岩波万右ェ門（号は見篤）について『四賀村誌』には次のように記されている。

天保九年（一八三八）飯島に生まれた。父は万右ェ門、母富子。寺小屋で学ぶ。幕末、薩摩屋敷にあって討幕を計った。事あらわれて幕兵に囲まれたが、それを破って脱出し、帰郷した。その後も京都・江戸で討幕運動に励んだ。

明治維新後はキリスト教に帰依して、その伝教に尽した。「東山遺稿」の編者。明治三十三年（一九〇〇）九月九日没、六三歳（八一〇頁）

四賀光子は、このように先祖代々精神力の非常に秀れた家系に育っているのである。老いて後を振向かず、一歩一歩前進し、自在な歌境を開いていった四賀光子の豊かな人格の背景と言えよう。

じっくりと一日、四賀光子の跡を御案内下さり、たくさんの資料を整えて下さった北沢実氏に深く感謝しながら特急「あずさ」に乗って帰途についた。

注1 『諏訪の篤農家 有賀利平翁傳』著者溝口藤芳。昭和九年七月二十五日刊。発行者有賀篠夫。非売品。
注2 同 一頁

十二　田端二田荘

昭和二十年四月十三日夜半の空襲によって、田端二田荘は焼失した。この日の空襲で田端一帯は壊滅的な被害を受け、焼野原と化したのである。

太田水穂・四賀光子夫妻は、大正八年六月田端二八三番地の二田荘に転居した。初めて所有した自分たちの家であった。

　この田端二田荘の敷地は六十坪（借地）で、その約半分に二階建七間（後に二階一間を増築）の家があった。二階は三畳（水穂の書斎、のち潮音社の事務室となる）六畳（水穂の居間兼応接室）の二間で（昭和六年の頃、家の西南部の離れの上にもう一間、六畳を増築、ここが水穂の書斎となった）、短歌立言を完成し、和歌俳諧の諸問題、芭蕉俳諧の根本問題、芭蕉連句の根本解説を書きついだのも、この二階の三畳であり、大正九年末より約五年間続いた沼波、阿部、安倍、小宮、和辻、勝峯の諸氏と毎月芭蕉研究会の合評を行なったのもこの二階であった。庭は約三十坪であったが、水穂はここに二三十種の樹木、花卉を植え、執筆に倦むと降り立ってねんごろに土を掃き、また水量の豊かな井戸から水を運んでは打水を喜んだ。（注1）

と、太田青丘は二田荘のたたずまいをくわしく書いている。
また、光子の米寿記念文集『花紅葉』の日記篇の大正八年（三十五歳）七月二十六日の項に引越しの様子が次のように書かれている。

柴田写真館主の話で田端に建売りの家があるから買はないかといふやうなことでついそれが実現されて忽ちのうちに話がきまり六月二十九日に引越すことになつた。当日は佐野翠坡、青山榛三郎、山下秀之助の社友三氏手伝ひ、車田敏子も来て呉れて都合よく行つたが十年目の移転なので荷物がふえてなかなか骨が折れた。それからこちらいろいろと手を入れた。建具が粗末だつたので畳のとりかへ、雨戸を全部ガラス戸にし縁側をつける。塀をつける門を拵らへる、井戸を掘る、庭をこしらへる、植木を入れ石を入れるでまだ十分出来上がらない。

（一一七頁）

同じく八月一日の項には、「漸く家も落ちついた。植木もすつかり植ゑられた。……中略……凡てよく行つた。長くここに住んで幸福にくらしたいと思ふ」（一一八頁）と書かれており、家庭人としての光子のつつましく誠実な努力が伝わってくる。光子の第一歌集『藤の実』の序文に、安倍能成は「人としての光子夫人が如何に貞淑にして温情の豊かな妻であり、又優しい思ひやりの深い母であるか……」と述べているが、光子は夫水穂に忠実に従うと共に、良き心友理解者として、二田荘での生活を築いていくのである。

ちなみに、二田荘の命名の由来は、田端の田と太田の田の二つの田からきていると言われるが、芭蕉の「隠れ家や月と花とに田三反」の句の心をとったもののことである。

光子の歌集『藤の実』には、転居後の田端の町を詠んだ短歌がいくつかあり、新鮮である。

野菜積みて車ひきくるこの人にこの坂みちに幾朝逢ひし　（「田端駅附近」大正十年）

停車場の構内の土にいくすぢかレール光りて野は霞なり

感冒《かぜ》一つひかぬ人らか鎚の音をきかぬ日はなし隣の鍛冶屋　（「いたつき㈡」大正十一年）

きりおとす庭木の枝をひろはせつ子と居て人の静かなる日や　（「竹きる日」）

一方、太田水穂は、明治四十二年から住み慣れた三軒町の家を離れるにあたって、「ただ我をたのむこころのひとすぢに過ぎ来し世とし思ほゆるかも」「戸のひまゆ朝日さしきたる今日のみと思ふこの家にいまだ寝ねつつ」（『雲鳥』）と詠み、同じく歌集『雲鳥』の中で次のような歌を詠んでいる。

大木の悟桐を植うると人あまた群がりゐたり雨にぬれつつ　（「田端新居」）

五月雨やわが家の庭に竹の子の伸びそめてより幾日経にけん　（「若竹」）

日暮里の冬日の岡にこだまして坂下とほき電車のひびき　　（「冬の日」）

平成十年六月十四日、私は田端二田荘の跡を見たいとJR山手線田端駅に下車した。梅雨寒の肌寒い雨の日曜日であった。駅前通り（切り通し）を渡ると、目の前に北区文化振興財団「田端文士村記念館」が建っている。堂々と立派な近代的な建物である。私はまず記念館に入って、田端文士村の概観を頭に入れることにした。

衆知のことであるが、明治の中頃まで田端は、雑木林や畑のつづく静かな農村であった。明治二十二年、上野に東京美術学校（現・東京芸術大学）が開校されると、若い芸術家たちが田端に住むようになった。小杉放庵、板谷波山、吉田三郎、香取秀真、山本鼎等である。大正期に入ると、田端は次第に住宅地となっていく。その発端となったのが、大正三年の芥川龍之介、五年の室生犀星の田端転入である。萩原朔太郎、堀辰雄、菊池寛、中野重治を始め、多くの文士、詩人が移り住むようになり、大正から昭和の初めにかけて、田端は「文士村」となったのである。記念館に置いてある「田端文士芸術家村しおり」によると、歌人では、大正八年太田水穂四賀光子、大正十年尾山篤二郎、大正九年鹿児島壽藏、大正十四年頃土屋文明、明治末林古溪（アイウエオ順）が田端に来て住んでいたことが分る。「田端文士・芸術家村地図」を開くと、名のある文士、芸術家たちが、軒をつらねるように住んでいるのだ。当時の彼等の往来がどのようなものであったのかと、更めて想った。

記念館の展示の中心は、何といっても文壇の鬼才芥川龍之介である。「木の枝の瓦にさはる暑さかな」自筆の短冊、『羅生門』『侏儒の言葉』『湖南の扇』などの初版本、自筆原稿、書簡、「河童図」などが飾られていた。

太田水穂に関しては、「色さめて一つゆく日の小ささもきはまるふゆのあはれなるべし」の自作短冊と、歌集『鷺・鵜』の原本が展示されていた。四賀光子のものは見当らなかった。

この後、激しくなった雨にぬれながら二田荘のあたりを訪ね歩いた。太田青丘は「田端駅から約五丁の所で、田端裏駅から与楽寺、田端脳病院へ向って坂を下り、脳病院前を右折、最初の露路を左折して約十五間ばかり行った右側にあった」(注2)(二六七頁)と書いているが、「現在、二田荘跡の変りようは全く烈しく……うたた滄桑の変の嘆きに堪えぬものがある」とあるように、昔のおもかげを伝えるものは何一つ残っていない。近くの与楽寺の前にたたずみ、水穂も光子も登り下ったであろう与楽寺坂を登って帰途についた。

二田荘は、水穂光子夫妻が鎌倉に移り住むようになってからは青丘が守り、昭和二十年四月十三日の空襲で焼失するまで約二十六年間、潮音社の発行所、事務所として活躍していたのである。

注1 『太田水穂』太田青丘著。桜楓社。二六八頁

注2 『同』太田青丘著。二六七頁

十二　近代短歌のふるさと・広丘

(1)　塩尻短歌館

信州は、近代短歌のふるさとと言われている。なかでも、松本諏訪地方には、近代短歌史上大きな足跡を残した歌人が同時代に多数輩出した。島木赤彦、太田水穂、窪田空穂、土田耕平、四賀光子、若山喜志子、今井邦子、潮みどりなど、信州に生まれ或は育ち、中央の歌壇で活躍した歌人である。明治時代のこの地方に、短歌に志を燃やす若者が何故このように出たのか、その風土と歴史をいつの日か研究してみたいと思っている。

広丘村は現在、塩尻市広丘。塩尻市は松本平南端に位置し、戦後縄文時代中期の平出遺跡が発掘され脚光をあびた。ぶどうの産地としても有名である。

短歌の上では、何といっても「全国短歌フォーラムin塩尻」で、その名を知る人が多いだろう。塩尻市は、短歌のふるさととしての町づくりに市をあげて取り組んでおり、平成四年十月一日には「広丘短歌公園」（通称歌碑公園）の一角に「塩尻短歌館」もオープンしている。

広丘は太田水穂の生れ故郷であり、また島木赤彦が広丘小学校校長として赴任し、歌集『馬鈴薯の花』の舞台ともなった地である。水穂や赤彦を研究する者にとって、欠かすことのできない広丘。私も、平成十年十月十三日、この広丘を訪れた。

当日は、朝から曇り空で、諏訪松本地方は今にも降り出しそうな空模様であった。晴れていれば、乗鞍、穂高、槍、常念、白馬といった日本アルプスの秀峰が、澄みきった青空に白い雪を輝かせ聳えたっている姿が望まれるのだが、午後からあいにくの雨となってしまった。

私は、先ず塩尻短歌館を訪れた。場所は塩尻市広丘原新田。広丘駅から歩いて八分、塩尻市からタクシーで十分ぐらいの所にある。木造二階建の本館は、柳沢家から塩尻市へ寄贈された古い民家で、この地方独特の本棟造りの建物とのこと、この建築を見るだけでも価値がある。漆喰の白さと、黒ずんだ木肌の調和が美しく、日本の民家の簡素な美と、落ち着いた雰囲気がしっとりと漂っている。

塩尻短歌館は、個人を対象としたものではなく、塩尻市出身の太田水穂、若山喜志子をはじめ、この地にかかわりをもった島木赤彦、伊藤左千夫、窪田空穂、四賀光子、若山牧水、川井静子、潮みどりといった多数の歌人の遺品、文献、遺墨、書簡等が収蔵されており、工夫をこらして展示されている。

この日は、ちょうど「島木赤彦来塩九〇年」を記念して「赤彦と近代短歌の巨匠たち」という特別展の開催中であった。教室の日本間のあちこちに、塩尻短歌館ゆかりの歌人たちの墨蹟が飾られており、歌の魂がとび交っているようだ。

特別展は、渡り廊下をはさんで別棟の土蔵で開かれていた。短歌フォーラムをひかえておいそがしいところを、館長さん自ら案内して下さり、心からありがたく思った。正岡子規の『仰臥漫録』（復刻）や、伊藤左千夫の遺墨、また若くして死んだ望月光の絵と歌一首記された胡桃沢勘内あての葉書（明治三十九年十月九日付）など初めて目にし、赤彦や水穂の歌集の原本も一度に見ることができた。

島木赤彦が東筑摩郡広丘小学校校長兼訓導として広丘小学校に赴任したのは、明治四十二年三月八日である。四十四年三月までの二年間、赤彦三十四歳から三十六歳までの広丘村での生活が『馬鈴薯の花』の母胎となり、その後の赤彦の生き方に大きな影響を与えたのである。赤彦は、広丘村原新田の牛屋という旧家に一人下宿し、強い寂寥感を味わっていた。この牛屋の隠居所に下宿することになった中原静子（中原閑古）、松本女子師範学校を卒業したばかりのうら若い女教師との許されざる愛の苦悩が、赤彦の歌を寂しく深くしていった。

げんげんの花原めぐるいくすぢの水遠くあふ夕映も見ゆ
いとつよき日ざしに照らふ丹の頬を草の深みにあひ見つるかな
いささかの心動きに冬がれの林の村を去らんと思ひし
（『馬鈴薯の花』）

妻子と離れ、一人桔梗ヶ原の孤村に来た赤彦であったが、やがて、

「俺は桔梗ヶ原に住んだことは、一生の中で大きな得をしている。こんな恵まれた生活は到底二度とは回り来ないだろう。俺の芸術も実に桔梗ヶ原に始まっている」(注1)

と、しみじみ語るようになったのである。「俺の芸術は桔梗ヶ原に生れたうるおいと寂しさだ」(注2)。その後、赤彦は鍛錬道を唱え、人生の「寂寥相」「幽寂境」にわけ入っていった。

塩尻短歌館には、赤彦最晩年の絶唱ともいうべき一首(不二子夫人筆)

信濃路はいつ春にならん夕づく日入りてしまらく黄なる空のいろ

の拓本や、赤彦筆の

みづうみの氷は解けてなほ寒し三日月の影波にうつろふ

の名歌の拓本が展示されている。また、歌碑公園の中には、広丘小学校近くの流れで、菜を洗っている女性を詠んだ歌

いささかの水にうつろふ夕映に
菜洗ふ手もと明るみにけり　　柿の村人

の歌碑が建っている。

さて、広丘の北国西街道をはさんで、赤彦の下宿していた牛屋の斜めすじ向かいに、太田水穂そして太田青丘の生家がある。太田青丘著『太田水穂』によると、旧宅は、二百年近くも持続した平家建の大きな家で、水穂の疎開中は、ここで百人程度の歌会もできたという。道路拡張計画のため取りこわし、今は現代的な瀟洒な二階建の家である。玄関の右側に「歌人太田水穂生家」の碑がある。よく手入れされた前庭には、この家に生まれた太田水穂、五郎、青丘三歌人の歌を並べた歌碑が、大きくどっしりと建っていた。

堂々《たた》かひは何処にあり志山川や
かく静けくて雲を遊ばす　　水穂

乗鞍の雪を染めゐし朝茜
まぶしき光今も身に添ふ　　五郎

ふもとに村　家々にわらべのあることを
　夕日の丘に佇ちておもへり　　青丘

歌碑を建てたのは、当主の太田卯策氏とのことだ。水穂の短歌は、疎開中の昭和二十一年秋に詠んだもので、歌集『流鶯』に載っている。その他、広丘駅改札口の近くに

　高はらの古りに志駅に晴るる日の明るさ入れて郭公の鳴く

そしてまた、塩尻短歌館をはさみ歌碑公園の反対側の松林の中に、昭和二十三年六月、門人有志が建てたという巨大な歌碑がある。

　命ひとつ露にまみれて野をぞゆくはてなきものを追ふごとくにも

歌集『流鶯』の中の一首。流麗な水穂の字で六行に散らされている。この歌について、大岡信は、朝日新聞の「折々のうた」で

　太田水穂という歌人は、短歌を人生探求のこよなき手段と感じていた人だろう。……中略

……晩年も、この歌のような孤独で真剣な自己の『命』への凝視が続く。日本の叙情詩人の人生探求の、一つの型を刻んだ人である」（一九九七・一〇・一三）と、述べている。

注1 『枯梗ヶ原の赤彦』著者・川井静子。昭和五十二年一月二十五日初版。謙光社。定価二五〇〇円。三一六頁
注2 「同」三四六頁

(2) 広丘の歌碑

長野県塩尻地方は、今でも松林が多い。
明治四十二年三月、広丘小学校校長として同村へ赴任したばかりの赤彦の手紙（篠原圓太宛）には、次のように書かれている。

一望平蕪雪残り雪寒し森多くして畠少しこの間の孤村に爐を擁する心地何だかすさまじく覺ゆ……中略……此地方の森林に富めるはうれしく候何處を見ても森林に候多くは松なれども楢も榛もあり學校の裏庭に松木立あり直に森林につづきて奈良井川に至る……後略……三月十七日夜　柿乃村人（注1）

松林の続いたもの寂しい当時の広丘村のおもかげを伝えて、広丘歌碑公園がある。塩尻短歌館

に地つづきの松林の中に、広丘村ゆかりの歌人たちの歌碑が点在している。
入口から入って先ず左手に若山牧水の歌碑がある。

うす紅に葉はいち早く萌えいでゝ
咲かむとすなり山ざくら花　　牧水

かの有名な『山桜の歌』（第十四歌集・大正十一年刊）の「山ざくら」第一首目の歌。牧水が初めて広丘を訪れたのは明治四十五年四月二日、太田喜志子に結婚の申し込みをするためであった。その後もたびたび牧水は広丘に足を運んでいる。牧水の四十九回忌を記念して昭和五十二年九月十七日に建てられた。

牧水の歌碑のすぐ横に、信濃のこの地方が誇りとする若山喜志子、四賀光子、潮みどりの三女流歌人の歌碑が建っている。

鉢伏の山を大きく野にすゑて
秋年々のつゆくさの花　　光子
春鳥のいかるがの声うらがなし

芽ぶきけぶらふ木立の中に　　喜志子
いく重やまみやまの奥の山ざくら
松にまじりて咲きいでにけり　　みどり

歌碑は、地元住民や文化人らの協賛金を中心として、昭和五十年六月に建立された。どっしりと横に長い歌碑で、三歌人の自筆の歌が黒御影石に彫られはめ込まれている。

四賀光子の「鉢伏の山を……」の歌は、歌集『双飛燕』所収。昭和二十三年「『露草』に寄す」の中の一首である。一連の短歌の詞書に「七月青柳競氏水穂の処女歌集つゆ草に因みて歌誌『露草』を創刊せらる」とあり、七首の歌が詠まれている。鉢伏山は、光子が広丘に疎開中も朝夕仰ぎ眺めたなつかしい山であろう。象徴性と格調の高い歌である。この碑の文字は、光子満九十歳の折、自ら筆をとって、この碑のために書いたものであるという。

若山喜志子の短歌は、広丘の生家に疎開していた昭和二十一年の作で歌集『芽ぶき柳』所収。ものがなしく美しい調べの歌である。若山喜志子は、人も知る若山牧水夫人。明治二十一年、現在の塩尻市広丘字吉田の太田家に生まれた。本名太田喜志。家は明治まで、代々村の庄屋を勤めた旧家であった。明治四十二年三月、赤彦が広丘小学校校長として赴任してきた時、喜志子は同校の裁縫科の教師であった。中原静子（川井静子）と共に、赤彦から万葉集や短歌の講義を受けたりしている。また、河合酔茗の「女子文壇」では、今井邦子（当時山田邦子）とともに花形詩人として活躍していた。峠を越えて今井邦子を訪れ、ゆきづまっていた邦子に短歌をすすめたのも喜志子であった。

牧水と結婚後は、旅から旅へと漂泊し、酒を愛する牧水を支えて苦闘し、幾多の苦難を乗り越えながら自分自身も歌い続けた。牧水の死後は「創作」を主宰し、短歌の道に一生精進したしんの強い信濃の女性である。

なお、喜志子は、同郷の太田水穂を頼って明治四十四年上京、太田水穂宅にしばらく身を寄せ、ここで牧水に始めて会うのである。水穂光子夫妻の仲人で、明治四十五年二人は結婚、以後光子と喜志子は互いに敬愛の心を抱いて、親交を続けた。歌集に『無花果』『白梅集』（牧水との合著）『筑摩野』『芽ぶき柳』『眺望』と、これら五冊を一本にまとめた『若山喜志子全歌集』がある。昭和四十三年八月死去、行年八十一歳であった。

若山喜志子の歌碑は、この他に二基塩尻市に建っている。

新しきいのち育くむと雀らは
ちる花びらもくひもちはこぶ
立ち残るこの一もとの老松に

何ぞ今年は名残りのをしき

一首目の歌は広丘吉田公民館の庭に昭和四十五年建立された歌碑に刻まれている。昭和二十七年吉田保育園改築の記念に依頼され揮毫したもので、保育園にふさわしく明るく愛らしい歌である。

二首目の歌は、塩尻市広丘吉田の生家前に立っている。帰りの汽車の時間が迫ってきたため、残念に思いながらもこの日はこれらの歌碑を訪ねることはできなかった。

潮みどりは、本名太田きり。若山喜志子の九歳年下の妹である。明治三十年広丘村吉田に生まれ、昭和二年、肺結核のため三十一歳の多感で短い一生を閉じた。塩尻短歌館に展示されている潮みどりの自画像の、何と美しく清楚なこと。遺歌集に『潮みどり歌集』がある。歌碑の歌は、大正六年みどり二十一歳の折の作とのことである。

みどりは、松本女子職業学校（現・松本美須々ヶ丘高校）卒業後、義兄若山牧水の教えをうけて大正四年から短歌の道に入った。創刊間もない「潮音」に投稿していたが、牧水主宰の「創作」が第三次の復刊（大正六年二月）をしてからは創作誌上で活躍している。牧水夫妻の媒酌で、牧水の高弟長谷川銀作と結婚し、幸せな人生を歩み始めるが、病に冒され、豊かな才能を惜しまれながら短い一生を終えた。

わがやまひながしとおもひあきらめて断ちそろへたりみだるる髪を

追悼号で牧水が「清く美しい」と述べているように清純無二の人であったという。
その他、広丘歌碑公園には、近代短歌の巨匠、島木赤彦と窪田空穂の歌碑がある。

いささかの水にうつろふ夕映に
菜洗ふ手もと明るみにけり　赤彦
あき空の日に照るみどりにほひ出て
見まはす四方にあふれなむとす　空穂

更に、広丘郵便局に、伊藤左千夫の歌碑

虫まれに月も曇れるほのやみの
野路をたどる吾が影もあやに　（他二首）

があり、また個人の宅地内ではあるが、中原閑古（川井静子）の歌碑

霜寒みいささのゆれににしき木の
散る夕ぐれを人まちてあり

がある。

伊藤左千夫、島木赤彦、窪田空穂、太田水穂、若山牧水、四賀光子、若山喜志子、潮みどり、中原静子そして今井邦子たち。日本の近代短歌を背負った歌人たちが、若き日にこの広丘の野を往きかったことを思うと、松林を吹く風の音は、歌人たちの足音のように私には聞こえた。

注1　『赤彦全集』第八巻。著者・久保田俊彦。昭和五年十月十五日初版発行、昭和四十四年十二月二十四日再版発行。岩波書店。一〇〇頁

十四　信州三大女流歌人

——四賀光子・若山喜志子・今井邦子——

すでに前章の「近代短歌のふるさと・広丘」でも述べたが、近代短歌の巨匠ともいうべき太田水穂・島木赤彦・窪田空穂（生年月日順）、女性では四賀光子・若山喜志子・今井邦子などが信州で生まれ或いは育ち、中央の歌壇で活躍し、歌壇史に秀れた足跡を残している。その他大勢の歌人が輩出し、短歌人口も多い。

その上不思議なことに、水穂・赤彦・空穂という、男性の、今でも短歌の大きな山脈を作ったような歌人たちが、明治の九年から十年にかけて生まれ、その後、約十年後に前後して四賀光子・若山喜志子・今井邦子の三人が生まれているのである。これは偶然といえば偶然であるが、私にはたいへん興味のある事実である。

今、年表を見ても分かるように、明治十八年に四賀光子が生まれ、二十一年に若山喜志子、二十三年に今井邦子が誕生している。長じて四賀光子は太田水穂と結婚、若山喜志子は水穂の紹介で若山牧水と結婚し、今井邦子は赤彦の高弟として各々短歌の道に励んだ。この三人は競い合っているところもあるが、女性の地位の確立していない明治の時期に、文芸を志して自立しようと互いに励まし合い、また協力し合っている。

例えば、喜志子と邦子は十代の頃から河合酔名主幹の「女子文壇」の花形であったが、詩人として出発した邦子がいろいろと行き詰まったときに短歌をすすめたのは、当時まだ太田姓の喜志子であった。邦子が二度目の家出上京するときには、喜志子に会うためにわざわざ広丘に回って立ち寄っている。また、喜志子は同郷の水穂に短歌の才能を認められ、水穂を頼って上京し、水穂・光子夫妻の家に世話になっている。そして水穂の家で牧水に会い、水穂夫妻の媒酌で結婚しているのである。光子と喜志子は生涯の友であった。更に、若山喜志子ばかりでなく四賀光子も今井邦子も、若い頃は牧水の「創作」に短歌を発表し歌壇に仲間入りをしているのも興味深い。邦子の姉妙（はな子）の嫁ぎ先が、光子の従姉妹・岩波よしの分家であるという偶然もある。

ともあれ、水穂・赤彦・牧水亡きあと、三人はそれぞれの結社の後を継ぎ、または新しい結社を起こし、力いっぱい短歌の道を生きぬいた。深い尊敬の念をもって、三人の女流歌人について簡単ながら述べてみたい。

四賀光子

四賀光子は、明治十八年四月二十一日父の任地長野市に生まれた。父・有賀盈重《みつしげ》、母・万代《まよ》の次女で、本名は太田みつという。父盈重は、東京師範学校を卒業して教職についていたが、和歌・漢詩・絵・書などを愛した風雅な人格者で、母もまたそれを喜び理解するという、当時の信州としては最も教養の高い家族であった。従って、詩歌の道とか歌心とか、学問への芽生えは早かったと言える。

やがて、長野県師範学校女子部を卒業し、小学校の教員となるが、太田水穂を知り「この花会」に入会、作歌を始める。光子は水穂に求婚されるが、将来を見据えて東京女子高等師範学校文科に入学、卒業後太田水穂と結婚する。明治四十五年より昭和七年まで東京府立第一高等女学校に勤務するかたわら、大正四年水穂が創刊した「潮音」の同人として作歌に励み、「潮音」の発展につくした。昭和三十年水穂逝去の後「潮音」主幹となり、潮音の母として太田青丘と共にひたすら努力しつづけた。昭和三十二年より昭和四十年まで宮中歌会始の選者も勤め、昭和四十九年には勲四等宝冠章を授与されている。光子は、心身共に健康な人で、たゆむことなく努力し精進し、昭和五十一年三月二十三日、九十二歳の一生を閉じた。

歌集に『藤の実』（大正十三年）『朝月』（昭和十三年）『麻ぎぬ』（昭和二十三年）『双飛燕』（水穂と共著　昭和二十六年）『白き湾』（昭和三十二年）『四賀光子全歌集』（昭和三十六年）『青き谷』（昭和四十四年）『定本四賀光子全歌集』（昭和五十一年）がある。また歌書、随筆集など多数。

光子は最初、牧水の「創作」に短歌を発表し牧水の推薦で歌壇に出ている。それらの歌は「藤の実以前」として『定本四賀光子全歌集』に掲載されている。

やはらかにわが黒髪も匂ふなりさくらさく夜の湯帰りの道
ひえびえと心のくまににじみ出し水よりあはきけふのさびしさ
穴むろのうす暗がりにじやがいもの芽ぐむ五月か恋を知りにき

光子の幸せな恋愛と結婚、そこから生まれたみずみずしく清純な情感が典雅でつつましい。「潮音」を創刊した水穂は、「短歌立言」で、自らの理論的立場の根底として、短歌は万有の愛の実現であるとし、感動と直観を重視、短歌は究極において象徴詩でなければならないと日本的象徴主義を唱えていく。この「潮音」の発展の陰には、光子の献身的な尽力があったことを忘れてはならない。水穂が芭蕉研究会を作り、幸田露伴、安倍能成らと会を開いた時、光子は毎回傍聴するかたわら研究会の接待役をつとめ、夕食をもてなしたという。この安倍能成が、第一歌集『藤の実』の序文で次のように述べている。

「世の歌集の花々しさを追はずして、自分一個の境地をつつましやかに守らうとする作者自身の謙抑と自信とを託せられたもの」

さて、この時期の大正五年、水穂の亡兄の遺児兵三郎を養嗣子として迎え、養育することになる。このことは光子の精神生活に大きな影響をもたらした。

人の子をもらひ育てていつしかと添ひゆく情《こころ》あはれなるかな　『藤の実』
知らぬ家にわれを頼みていねし子にわれもたよりて眠らんとする
さびしさは拗ねてゐし子がしみじみと夕日の窓に読書する声　『朝月』

光子の誠実な子育てに、兵三郎は太田青丘として逞しく成長し、「わが家の父《とう》さん」と光子に信頼され潮音を率いていくのである。光子はこの子育ての体験に加え、河口慧海について十年間仏典の教養を学んだことにより人間性を深め、寛容で柔軟、強靭な意志力と精神力をもって自らの道を歩んでいった。

ひぐらしの一つが啼けば二つ啼き山みな声となりて明けゆく　『麻ぎぬ』
昨日ひとり今日また一人兵帰る村はひそけし蜻蛉も飛ばず　『双飛燕』

水穂を師と仰ぎ作歌してきた光子であったが、終戦後『双飛燕』の後半から、光子自身の短歌が生まれたと言われる。水穂が一切を放下した後、「潮音」を率い、代表歌集『白き湾』の世界に入っていくのである。

柑橘の果は黒きまで青くして触るる指頭をはじきかへすも　『双飛燕』
黒松の防風林をふちとして一湾は銀の氷を充たしたり
ただ一人ゆく砂はまの一歩一歩われみづからの作りゆく道　『白き湾』

水穂の死後、光子は潮音主幹として、潮音の新しい進路を導いていった。

九十年生き来しわれか目つむれば遠汐騒の音ぞきこゆる　（「遠汐騒」）

光子九十歳の賀の折の歌である。老いてもたゆむことなく努力し「死の休息以外の休息を希はない」（アンドレ・ジイドの言葉）と精進しつづけた光子は、自分自身の自在な境地を開き、前向きに前向きに生きぬいて、九十二歳の一生を閉じた。

若山喜志子

立ち残るこの一もとの老松に何ぞ今年は名残りのをしき

長野県塩尻市広丘吉田の喜志子生家前にこの歌の歌碑が建っている。

喜志子は、明治二十一年五月二十八日、太田清人・こと夫妻の四女として生まれた。太田家は、徳川時代に代々庄屋をつとめた旧家で、家風は質実・純朴、教養のある恵まれた環境にあった。末の妹桐子がのちの歌人・潮みどりである。少女時代から短歌を始めたが、十八・九歳の頃から詩を河井酔茗の「女子文壇」に投稿、横瀬夜雨に認められ、明治四十一年には今井邦子と共に花形的存在となっている。同時に、同村の太田水穂が選者の「信毎歌壇」の投稿者としても注目されていく。喜志子も進学の志強かったが、父の反対により広丘高等小学校の補修科卒業後、母校の裁縫教師となった。四十二年島木赤彦が広丘小学校の校長として赴任、赤彦の万葉集や短歌の講義を中原静子と共に受け、アララギへの入会を誘われたが参加しなかった。

文学への情熱に燃えて家出上京する邦子を見送った喜志子は、己れ自身も燃えさかる文芸への志をいだき四十四年上京、太田水穂・光子夫妻の元に身を寄せる。ここで牧水と会い、水穂のすすめもあって、水穂夫妻の媒酌により四十五年牧水と結婚し、歌人としての道を歩んでゆく。漂泊の旅をつづける牧水の留守を守り子を育て歌誌「創作」を手伝い、更に牧水に従って資金獲得のために全国を歩いたりしたが、根底にはいつも牧水への愛があった。昭和三年牧水亡き後は「創作」を継ぎ、女流歌人として活躍。昭和四十三年八月十九日、八十歳の生涯を終えた。歌集に『無花果』（大正四年）『白梅集』（牧水と共著・大正六年）『筑摩野』（昭和五年）『芽ぶき柳』（昭和二十六年）『眺望』（昭和三十六年）、これら五冊をまとめた『若山喜志子全歌集』（昭和五十六年）があり、昭和八年には『牧水全集』十二巻を完結させている。牧水を愛し、強靱な意志と精神をもって最後まで背筋を張って歌い生きた歌人である。

次にその短歌を読んでいきたい。

うす青き信濃の春に一つぶの黒きかげ置き君去《い》にけり

（『無花果』）

若き日の牧水が桔梗ヶ原に喜志子を訪ね結婚を申し込んだ折の歌である。二人は結婚したが、牧水は旅と酒と歌の人。新婚早々から旅に出て家をあけ、放浪を続けるという人一倍悩める人であり、寂しき人であった。牧水の非凡さを信じながらも生活は苦しく、経済に追われた。歌誌第二次「創作」も大正二年八月復刊されたが、休刊となる。大正四年水穂が創刊した「潮音」に「創作」も合併するが、短歌に対する考えのへだたりから二者は別れ、大正六年二月、第三次

「創作」が刊行される。牧水は、自然主義的な世界観を、水穂は人道主義的世界観をもっていたと言える。

にこやかに酒煮ることが女らしきつとめかわれにさびしき夕ぐれ　（『無花果』）
いやはてのなげきのはてに吾子のかほ小さく見えて睡りゐるなり
児に乳をふくますするときふとも来てあとかたもなくきえゆく愁《うれひ》

結婚以来、常に暮しの心配をしながら子どもを育て、夫の留守を守る喜志子の女性としての心情の現われた短歌である。一方次のような夫牧水を理解した歌も見られる。

そのはじめ負傷《いたで》の如くおもひしが君はいよよ石とかがやく

昭和五年の『筑摩野』は、いったん『無花果』や『白梅集』を解体し、明治四十五年から牧水が亡くなった昭和三年までの牧水とともにあった日の作品群である。

赤い入日赤い入日とさりげなく背の子ゆすぶりかへる草原　（『筑摩野』）

真夜中に起きて物書く君が身にさびしからむと湯を煮たぎらす

はこべらははかなき草よ春ももややととのふ頃に実をこぼすなり

最後のはこべらの短歌には、しっとりとした情感がただよい、心にしみ入ってくる。

大正十四年頃から牧水に伴われ、資金獲得のため全国を揮毫旅行に出向くことが多くなる。昭和二年には朝鮮まで足をのばしている。こうした旅の疲れと酒の害から牧水の生命はちぢめられ、昭和三年不帰の人となった。昭和二年には実妹であり「創作」の花形であった潮みどりも病没している。今や「創作」の主宰者として、四人の子の母として四十代は苦闘の日々が続くが、五十代に入ってから子等も成長し少し心のゆとりが生まれるようになった。昭和十二年には「嫁ぐ日を明日に持つ娘《こ》と美しき手筥《てばこ》貼りつつ語るいとまあり」など明るくやさしい歌も見られる。

年を経るに従い、喜志子の短歌は深くなり独自の境地を開き、思想的にも秀れた作品をあらわしていく。喜志子はまた戦争を讃美する短歌を作らなかった。

砲煙弾雨の間にも鳴くといふ虫の音よ生命《いのち》あるものは哀れなるかな　（『芽ぶき柳』）

野ざらしの石によく見る風化作用一民族に起りつつあり

出そろひし若芽に霜の降り結ぶ痛々しさも信濃の春よ

ほそぼそと氷の下をゆく水の己れをとほす音のさやけき　（『眺望』）

人間的な苦悩を自然に託して歌境が深い。自分自身をしかと見つめ一途に短歌に生きた八十年の一生と言えよう。

今井邦子

平成七年四月、長野県下諏訪町に、邦子の実家「松屋」が今井邦子文学館として復元された。邦子が祖父母と共に三歳から少女期を過ごし、また晩年を送った家である。

邦子は、明治二十三年五月三十一日、父・山田邦彦、母・たけの次女として徳島市に生まれた。本名山田くにえ。父邦彦は、実家の茶屋「松屋」を継ぐことをいとい、苦学力行して徳島県の師範学校長に任官、その地で結婚した。邦子は姉と妹と共に、家を出た親に代わって祖父母の老後をみるべく、三歳の折下諏訪町の家に引きとられ祖父母に慈しみ育てられた。下諏訪町の尋常高等小学校高等科卒業後、松本の女学校への進学を望んだが許されず町の教会に通う。十七歳頃から河井酔茗主幹「女子文壇」に投稿、横瀬夜雨に認められ花形詩人となる。四十二年二十歳の折、文芸で身を立てようと河井酔茗を頼って単身家出上京、現実の厳しさにもがきながらも四十三年

「中央新聞社」の記者となり翌年政治部の今井健彦（後の衆議院議員）と結婚した。今井邦子が短歌を始めたのは十九歳の頃。若山喜志子にすすめられ、最初太田水穂系の白夜集に参加、四十三年頃に若山牧水の「創作」に、「創作」休刊後は前田夕暮の「詩歌」に出詠している。大正五年「アララギ」に入会し、島木赤彦に師事、以後赤彦を一生の師と仰いで精進する。大正十五年、赤彦死去後アララギを離れ、昭和十一年女流短歌雑誌「明日香」を創刊、昭和の代表的女流歌人として活躍した。二十三年七月十五日朝昏倒し心臓麻痺にて急逝、波乱の多かった人生を閉じた。歌集に『片々』（大正四年）『光を慕ひつつ』（大正五年）『紫草』（昭和六年）『明日香路』（昭和十三年）『こぼれ梅』（昭和二十三年）『今井邦子短歌全集』（昭和四十五年）があり、その他随筆集評論集など多数ある。歌は、激しい情熱と理性の間をゆれ動きながら深く澄んでいる。

秋の野路《のぢ》夕日を遂《お》ひつ物を思ひついづくまで行く我身なるらし　（「迷走」）

邦子の処女出版『姿見日記』（大正十一年）の短歌篇「迷走」の冒頭の一首。悶々と悩み迷走していた若き日の姿が象徴されている歌といえる。第二歌集『片々』は、牧水・夕暮の自然主義の影響を強く受け、自身の暗い家庭生活と心の葛藤を正面から見つめ、感情のほとばしるままに激しく自由奔走に華麗にうたったものである。

暗き家淋しき母を持てる児がかぶりし青き夏帽子はも
ぽつねんと此諏訪のくにの屋根石ともだしはつべき我身なりしを
じりじりと生命《いのち》燃ゆればわがほとり吾子も吾夫《あづま》もはにわの如し
もの、穂の遠く乱れてあきつとぶ野にあかあかと生命《いのち》なげかゆ
（『片々』）

悩みの深かった邦子であったが、アララギ入会後は赤彦を信じ、赤彦の鍛錬道、写生主義、万葉集尊重の道をひたすら歩み、歌風も落ち着いた深いものとなっていった。

第三歌集『光を慕ひつつ』は、『紫草』への移行期の歌集であるが、島木赤彦、太田水穂、窪田空穂の三歌人が歌集の序文を書いているのが印象的である。

邦子の才能がアララギに入ることで殺されるのではないかと惜しむ声も多かったが、「過去の情熱発露の歌などとは比較にならない深く尊い歌道に分け入ることができ、いささかなりともより深いものを習得できた喜びがある。それは誠に自己の伸びゆく願望に即し得た喜びである」（「アララギ二十五周年記念号」）と、赤彦の高弟として努力した。

第三歌集『紫草』は、邦子の代表歌集と言われ、歌人としての邦子の地位を確実にした。邦子がアララギで活躍し充実した時期であると共に、最も多事多難な時期の作品である。まず大正六

年、急性リューマチスに罹り、一生右足の不自由な身となるが、このことで邦子は身障者としての悲しみを味わい人生の深みに触れてゆく。加えて、邦子の結婚生活は、四賀光子や若山喜志子に比べそれほど幸せなものではなかった。さまざまな人生上の悩みから、大正十一年二児と夫を家に残して家出、京都の一灯園に西田天香を頼り、厳しい修業の末新しく立ち直ることができた。

旅に住みて幼きものを思ふときたまきはるわがいのち震ふも　（『紫草』）

人一倍感情が激しく美しいが故の人生の苦悩の末、人間本来の寂しさをつかんだと言える。

立ちならぶみ佛の像いま見ればみな苦しみに耐へしみすがた
真木ふかき谿よりいづる山水の常あたらしき生命あらしめ

大正十五年三月、邦子を支え守りつづけた赤彦がこの世を去って後、昭和十一年アララギを退会し、女性だけの短歌雑誌「明日香」を創刊主宰、女性として自立する。夫健彦も代議士として政界で活躍、邦子の思いのままにゆかしめた。邦子は多方面で活躍したが、太平洋戦争により、故郷の下諏訪に疎開し、昭和二十三年七月十五日心臓麻痺により急逝。五十九歳の生涯を閉じた。

己が身の一世《ひとよ》をいまにして夢のごとしもわが生涯をかへりみるかな　（絶詠）

死の前夜、枕もとの歌帳に書いてあった歌である。信州人特有の向上心と向学心をもち、人一倍激しい感情に苦しみながら自分を高める努力を続けた邦子であった。

＊

明治という新しい時代になって、今までの封建制度の中でもがいていた女性も自我を解放し、詩歌を発表する機会も与えられた。しかし、女性の地位は現在とは比べものにならないほど低く、職業も限られていた。

四賀光子、若山喜志子、今井邦子（生年月日順）は、こんな時代、それぞれ個性も違い人生の道も異なるが、若き日に志した短歌の道を一心にひたすらに歩み、死の日まで力の限り精進し、後進を育てた。

短歌に生き、そして短歌に生かされた郷里の三大女流歌人であったと心にしみて深く追慕している。

信州の三大女流歌人略年譜（三歌人の年譜より作成）

（○の中の数字は年号の数字）

年号	政治	四賀光子	若山喜志子	今井邦子
明治9年		12・9 太田水穂広丘村に生まれる		12・17 島木赤彦上諏訪村に生まれる
10			6・8 窪田空穂和田村に生まれる	
18		4・21 父の任地長野市に生まれる（本籍 諏訪四賀村）	8・24 若山牧水宮崎県に生まれる	
21			5・28 東筑摩郡吉田村に生まれる	
23				5・31 父の任地徳島市に生まれる（本籍 下諏訪町湯田） ㉕下諏訪町の祖父母の家に引き取られる
27	日清戦争			
36		長野県師範学校女子部卒業		
37	日露戦争	「この花会」		
38		太田水穂と婚約 東京女子高等師範学校文科入学		
39				河井酔茗主幹「女子文壇」に初めて詩を投稿、入賞 「夢殿守」の名
40			裁縫教師として広丘小学校勤務「白夜集」に参加 ㊶「女子文壇」に投稿 花形詩人	

明治41				「アララギ」創刊
42		女高師卒業　水穂と結婚		河井酔茗を頼り家出　上京
43		㊸ 広丘村で赤彦　喜志子を知る	「創作」創刊	再び家出　上京
44		牧水　白秋を知る		中央新聞社記者今井健彦と結婚
45		初めて歌を「創作」に発表	牧水と結婚	
大正元年		東京府立第一高女に転任（昭和七年退任）		『姿見日記』出版　後部に「迷走」
2			「創作」復刊	前田夕暮主宰「詩歌」に一年余入会
4		水穂「潮音」創刊	潮音社より『無花果』（歌集）刊	『片々』出版（歌集）
5		水穂の亡兄の遺児兵三郎（青丘）を養嗣子に迎える		島木赤彦の弟子となる　アララギ入会
6			牧水との合著歌集『白梅集』出版	『光を慕ひつつ』出版
9			静岡県沼津町に移る	
10		河口慧海につき仏典を学ぶ（数年）		
13		第一歌集『藤の実』出版		
15			②妹　潮みどり死去	3・27　島木赤彦死去
昭和3年			9・17　牧水死去「創作」発行人　編集者	
5			第三歌集『筑摩野』刊	
6	満州事変	⑨鎌倉に杳々山荘を求める		『紫草』（アララギ叢書）出版

昭和11				女流短歌雑誌『明日香』創刊
12	支那事変	与謝野晶子を山荘に迎える		
13		『朝月』（歌集）出版		『明日香路』（歌集）出版
14				
15				高遠町蓮華寺に絵島供養の歌碑建つ
16	太平洋戦争		⑲～㉑「創作」休刊	
19			⑲信州広丘村に疎開	
20	終戦	水穂と共に広丘村に疎開		下諏訪町生家に再疎開
21		鎌倉に帰る		
22			広丘村より旅人一家と立川市に移る	
23		『麻ぎぬ』出版		7・15 下諏訪町生家にて死去（心臓麻痺59歳）歌集『こぼれ梅』刊
26		歌集『双飛燕』（水穂と合著）出版	第四歌集『芽ぶき柳』出版	
30		元日 太田水穂死去、潮音主幹		
32		第五歌集『白き湾』出版		
36		『四賀光子全歌集』出版	第五歌集『眺望』出版	
43			8・19 若山喜志子死去（80歳）	
45				『今井邦子短歌全集』（長谷川節子編）出版
49		勲四等宝冠章（90歳）	㊿塩尻市広丘に三女流歌人（光子 喜志子 みどり）の歌碑建つ	
51		3・23 四賀光子急性心不全にて死去（92歳）		
		『定本四賀光子全歌集』刊	(56)『若山喜志子全歌集』刊	

四賀光子略年譜（年齢は数え年）

明治18年（一八八五）　1歳
四月二十一日、父の任地長野市に生まれる。本籍地は長野県諏訪市四賀神戸（旧・四賀村）。父有賀盈重《みつしげ》・母万代《まよ》の二女。姉一人弟妹五人あった。父は東京師範学校を卒業し教職についていた。

明治23年（一八九〇）　6歳
四月、長野県師範学校附属幼稚園入園。
二十四年、父の転任に従って松本に移り、同地小学校柳町女子部に入学。
二十六年、郷里四賀小学校に転校。二十七年、父の転任により飯田市の小学校へ。明治二十九年松本小学校に転校し、明治三十二年三月松本高等小学校卒業。受験準備のため同校補習科に学ぶ。

明治33年（一九〇〇）　16歳
四月、長野県師範学校女子部に入学。長野市にて寄宿舎生活三年、明治三十六年同校卒業。在学中「明星」を読み新派和歌に触れる。また学校の付近にあった聖公会の教会に出入し、聖書を知る。

明治36年（一九〇三）　19歳
四月、松本市岡田小学校の教師となる。この年太田水穂を知り、「この花会」に入会、作歌の道に入る。

明治38年（一九〇五）　21歳
三月、太田水穂と婚約。四月、東京女子高等師範学校文科に入学。女高師在学中は和歌を尾上柴舟に、国文学を関根正直に学ぶ。精神的な拠点をキリスト教に求め、植村正久の富士見町教会に通う。

明治42年（一九〇九）　25歳
三月、東京女子高等師範学校卒業、太田水穂と結婚して、小石川原町十二に新居を定める。四月、会津高等女学校に赴任する。

明治43年（一九一〇）　26歳
正月、水穂と共に郷里長野県広丘村に帰り、同地で久保田俊彦（島木赤彦）、太田喜志子（若山喜志子）と知る。
　七月、会津高女を退職して帰京、九月より牛込の成女高女に奉職する。十月、小石川三軒町二に転居。この年、若山牧水、北原白秋らを知り、歌を「創作」誌上に発表する。

明治44年（一九一一）　27歳
　六月、太田喜志子上京し、十月迄寄寓する。

明治45年（一九一二）　28歳
　八月、大正と改元。十月、東京府立第一高等女学校に転任する。発表機関の「創作」「同人」等も休廃刊し、作歌意に満たない。

大正4年（一九一五）　31歳
　七月、水穂「潮音」を創刊。同人として作歌にいそしむ。

大正5年（一九一六）　32歳
　四月、水穂の亡兄嘉曾次の遺児兵三郎（青丘）を養嗣子に迎えて養育する。当時八歳。この幼児保育の経験は精神生活の上に大きな影響を及ぼす。

大正6年（一九一七）　33歳
　五月、夫水穂急性肺炎で病臥、一時危篤であったが次第に恢復。七月、水穂大原海岸東海村に転地するのに従う。

大正8年（一九一九）　35歳
　七月、東京市外田端二八三に転居。

大正9年（一九二〇）　36歳
　八月、肥厚性鼻炎手術のため約一ヶ月入院。十月、太田水穂は、幸田露伴、沼波瓊音、安倍能成、阿部次郎、小宮豊隆、和辻哲郎、勝峰晋風等と芭蕉研究会を結成し、毎月田端潮音社にて研究会を開く。大正十四年まで六年間つづく。毎回傍聴して近世文学としての俳諧を知り、庶民的な取材と表現の方法を学ぶ。

大正10年（一九二一）　37歳
　八月、夫と子と共に松島平泉を経て北海道に遊び、帰途弘前、秋田、酒田、吹浦に遊ぶ。九月より在家仏教宣揚会の河口慧海師について法華経の講義をきく。毎朝一時間づつ数年に亘り法華経、勝鬘経、維摩経、所謂太子三経を聴問、内面生活に大きな影響を与えられる。河口慧海の純粋な経典の講義により世界観が広くなる。

大正11年（一九二二）　38歳
二月三月の交、流行性感冒のあと急性腎臓炎を併発する。兵三郎も此年武蔵高校尋常科に入学するが健康を害し、八月共に諏訪四賀村の生家に静養する。

大正12年（一九二三）　39歳
九月一日、東京にて関東大震災にあう。

大正13年（一九二四）　40歳
四月、第一歌集『藤の実』を出版。

大正14年（一九二五）　41歳
一月末、妹服部しづ子逝く。そのあと光子も健康勝れず、六月から九月迄逗子に転地する。八月、「潮音」創刊十周年を記念して選集『刈萱集』を出版し、記念大会を長野県戸倉に開催したが、病気のため不参加。

昭和2年（一九二七）　43歳
三月、水穂と共に大阪を経て九州に遊ぶ。七月富士五湖、八月上諏訪、十月修学旅行にて京阪地方見学。

昭和3年（一九二八）　44歳
五月、修学旅行にて、仙台、松島、平泉、塩原。七月、日光湯本。八月、水穂と共に信州戸隠山、帰途上諏訪に老父母を見舞う。

昭和4年（一九二九）　45歳
正月、潮音十五年記念大会を鶴見総持寺にて開催し、潮音第二選集『初ざくら』を出版する。以後四年に一回大会を開き、選集を出している。三月、水穂と共に京阪に、十月生徒と和歌山、高野山、屋島に旅行。

昭和5年（一九三〇）　46歳
正月、諏訪の老父母を訪問。八月、伊香保。十月、修学旅行に従って別府、阿蘇、耶馬渓に遊ぶ。

昭和6年（一九三一）　47歳
冬より春にかけ微熱つづき、茅ヶ崎に転地する。改造社の短歌講座女流歌人篇に俊成卿女集の評釈をかく。『和歌初心者の為に』『和歌読本』を出版。後者は出版元（富士書房）の希望により太田水穂の名で出版する。

昭和7年（一九三二）　48歳
三月、十九年間勤務した東京府立第一高等女学校を退職し、家にあって「潮音」の編輯に力を注ぐ。

四月二十九日より五月十六日まで水穂と共に京阪の旅に出る。この年より「潮音」誌上に「和歌に於ける観念形態」という研究を発表する。のちの『伝統と現代和歌』（人文書院）の主要部となる。八月、宇治万福寺に於ける潮音第三回全国大会に出席。

「潮音」第三選集『荒海』出版。

昭和8年（一九三三）　49歳

八月、初磐城入山炭礦へ。八月末、水穂と甥太田五郎と共に箱根に遊ぶ。「潮音の主張並にその歴史」「伝統の模倣と忘却」「新らしき短歌の進路」等の論文あり。

昭和9年（一九三四）　50歳

三月、養嗣子青丘東大支那文学科卒業。五月、鎌倉扇谷に山荘を求め病後保養の青丘と住む。七月より「鎌倉雑記」書き初める。九月、「主婦の友」の委嘱で、水穂と永平寺にゆき、山門生活を水穂の名で書く。

昭和10年（一九三五）　51歳

十月、水穂と越後の良寛の遺跡を訪う。『新古今名歌評釈』を水穂と合著で非凡閣から出版。

昭和11年（一九三六）　52歳

一月五、六日、潮音第四回全国大会を円覚寺にて開催、第四選集『錦木』を刊行。「機構的連作論」を潮音に書く。

昭和12年（一九三七）　53歳

五月二日、父有賀盈重《みつしげ》（春波）小樽にて死去。八月、北海道潮音大会に水穂と札幌にゆく。帰途函館にて母危篤の報に接し、小樽に引きかえして母を送る。

昭和13年（一九三八）　54歳

二月、新万葉集十巻出版される。入集歌四十四首。三月、与謝野晶子を山荘に迎える。円覚寺帰源院の与謝野寛三回忌法要に参列。五月、関西旅行、この頃から潮音歌会の人数多くなる。十月、第二歌集『朝月』出版。

昭和14年（一九三九）　55歳

三月、青丘結婚。四月、水穂と鎌倉扇谷に移る。八月、潮音全国大会を神戸祥福寺にて開催し、第五選集『銀河』を刊行。

昭和18年（一九四三）　59歳

『伝統と現代和歌』『子を思ふ母の和歌』を出版。
潮音第六選集『かちどき』刊行。

昭和19年（一九四四）　60歳
「潮音」へ「青年期の水穂」を連載する。

昭和20年（一九四五）　61歳
四月、東京田端の潮音社空襲で焼失。青丘一家鎌倉に来る。七月、水穂と共に信州広丘の水穂の生家に疎開。八月、終戦。四月号以来休刊中の「潮音」を九月から印刷。十一月、広丘居宅で歌会、参加者八十名余。

昭和21年（一九四六）　62歳
十一月初、鎌倉に帰る。

昭和23年（一九四八）　64歳
七月、水穂と共に信濃広丘の水穂の歌碑除幕式に列し、第六回「潮音」大会を松本郊外山辺兎川寺でひらく。第七選集『寒梅集』刊行。八月、水穂芸術院会員となる。十月、第三歌集『麻ぎぬ』及び随筆集『鎌倉雑記』を出版。

昭和24年（一九四九）　65歳
女人短歌会結成され顧問となる。

昭和25年（一九五〇）　66歳
「短歌研究」九月号に「作歌と老年意識」をかく。

昭和26年（一九五一）　67歳
三月、胆のう炎を病み、一ヶ月病床。水穂と合著歌集『双飛燕』を出版。「日本短歌」の求めにより「苦闘時代」「潮音歌論」等をかく。

昭和27年（一九五二）　68歳
五月、潮音第七回全国大会を片瀬竜口寺にて開き、第八選集『新晴』を編輯出版。六月十六日、水穂脳出血にて臥床、年末に至ってやや恢復する。

昭和28年（一九五三）　69歳
病床の水穂の介護に日を送る。「潮音」に「扇谷雑記」を連載する。

昭和29年（一九五四）　70歳
七月、青丘と「潮音」四十年記念号を編輯、「潮音四十年略史」を書く。

昭和30年（一九五五）　71歳
元旦に水穂逝く。数え年八十歳。九日、円覚寺にて葬儀。潮音の主幹となる。七月、「潮音」を水穂追悼号とする。

昭和31年（一九五六）　72歳
五月、太田青丘の妻太田満喜子逝く。急性肺炎にて一ヵ月余り臥床。第九選集『花径』を編輯出版。十月、宮内庁より明年度宮中歌会始の選者を委嘱され、四十年まで九年間続ける。

昭和32年（一九五七）　73歳
三月、第五歌集『白き湾』を刊行。五月、青丘、小樽の潮音同人近藤絢子と結婚。この年一月から『太田水穂全集』十巻の刊行企画、年内に四回配本する。

昭和34年（一九五九）　75歳
六月二十九日、靖国神社鎮座九十年祭に献詠歌の選者を委嘱され昭和四十七年まで続く。水穂全集全十巻、八月に完結。九月、水穂全集完結記念講演を神田学士会館にて開く。十一月、信州各地を旅行。

昭和35年（一九六〇）　76歳
八月、長野県戸倉温泉にて第九回「潮音」大会。第十「潮音」選集『朝の港』を出版する。八月末、北海道「新墾」誌の三十年記念大会に招かれ青丘夫妻と共に出席。十月より明治神宮の委嘱により明治天皇御製集編纂委員となる。

昭和36年（一九六一）　77歳
十月、『四賀光子全歌集』を春秋社より刊行。同月これを記念し学士会館にて出版記念講演会並びに祝賀会を催す。

昭和37年（一九六二）　78歳
一月、「潮音」四賀光子全歌集特輯号。三月、「短歌研究」に百首を寄す。

昭和38年（一九六三）　79歳
六月、「短歌研究」水穂系歌人特集に「水穂あれこれ」寄稿。

昭和39年（一九六四）　80歳
八月、箱根仙石原冠峰楼にて第十回潮音大会、八十歳を機に潮音主幹辞退を表明する。十月、潮音創刊五十年記念詩歌公開講演会を毎日ホールで催す。十二月、ギックリ腰を病み、以後腰痛に悩む。

昭和40年（一九六五）　81歳
一月、潮音創刊五十年記念号刊。同月より潮音顧問となり、嗣子太田青丘潮音代表となる。

昭和41年（一九六六）　82歳

三月、随筆集『行く心帰る心』刊。

昭和42年（一九六七）　83歳

一月、東慶寺にて水穂十三回忌法要、歌会を催す。七月、戸倉温泉笹屋ホテル内で四賀光子の旧作歌碑の除幕式あり。

昭和43年（一九六八）　84歳

七月、潮音第十二選集『子午線』刊。八月、京都国際会館での潮音第十一回全国大会に出席。八月、若き日よりの心の友若山喜志子逝く。

昭和44年（一九六九）　85歳

十月、東慶寺境内に、開山覚山尼の讃歌の歌碑除幕式。十一月、歌集『青き谷』刊。

昭和45年（一九七〇）　86歳

逗子市における神奈川県歌人会春季大会において「みづから作る道」を講演。

昭和47年（一九七二）　88歳

四月、由比ヶ浜ホテルにて米寿祝賀会並びに潮音春季歌会。七月、潮音第十三選集『北斗』刊。八月、札幌における潮音第十二回全国大会に出席。

昭和49年（一九七四）　90歳

五月、勲四等宝冠章受章。七月、番町共済会館での潮音創刊記念歌会に元気で出席して祝福を受ける。

昭和50年（一九七五）　91歳

一月、潮音創刊六十年記念号刊。六月、長野県広丘小学校校庭に三女流歌人（四賀光子、若山喜志子、潮みどり）の歌碑建つ。

昭和51年（一九七六）　92歳

一月、潮音の太田水穂生誕百年記念号に「水穂との出逢ひ」を書く。三月二十三日、老衰と急性心不全により逝く。円覚寺で葬儀。五月八日、東慶寺水穂の墓側に納骨。法名は潮音院慈海恵光大姉。六月三十日、『定本四賀光子全歌集』刊。

（附記）この年譜は『定本四賀光子全歌集』の「四賀光子年譜」（五七三頁～五八二頁）により作成いたしました。

主なる参考文献

『四賀光子全歌集』　著者・四賀光子。昭和三十六年十月。春秋社
『定本四賀光子全歌集』　著者・四賀光子　編者・太田青丘。昭和五十一年六月。柏葉書院
歌集『朝月』　著者・四賀光子。昭和十三年十月。潮音社
歌集『白き湾』　著者・四賀光子。平成四年九月。短歌新聞社（短歌新聞社文庫）
『子を思ふ母の和歌』　著者・四賀光子。昭和十八年九月。愛之事業社
随筆『鎌倉雑記』　著者・四賀光子。昭和二十三年一月。京都印書館
随筆『行く心帰る心』　著者・四賀光子。昭和四十一年三月。春秋社
随筆『花紅葉』　著者・四賀光子。昭和四十七年四月。柏葉書院
『鑑賞太田水穂の秀歌』　著者・中野菊夫。昭和五十一年十一月。短歌新聞社
『太田水穂』　著者・太田青丘。昭和五十五年九月。桜楓社
『太田水穂と潮音の流れ』　著者・太田青丘。昭和五十四年八月。短歌新聞社
『新短歌開眼』　著者・太田青丘。平成五年八月。短歌新聞社
『春江花月』　著者・太田絢子。平成元年十月。短歌新聞社

『月の有処』　著者・伊東悦子。平成七年六月。短歌新聞社
『四賀光子の人と歌』　著者・西村真一。平成十四年七月。短歌新聞社
『赤彦全集』　著者・久保田俊彦。昭和五年十月。岩波書店
『若山喜志子私論』第五部　著者・樋口昌訓。一九九六年十二月。日本ハイコム株式会社
『長野県文学全集4　詩歌編』　一九九六年十一月。編集委員・田井安曇、東栄蔵。郷土出版社
『歌碑を訪ねて』　著者・宮坂万次。平成十年一月。あさかげ叢書
『諏訪の篤農家　有賀利平翁傳』　著者・溝口藤芳。昭和九年七月。発行者・有賀篠夫
『桔梗ヶ原の赤彦』　著者・川井静子。昭和五十二年一月。謙光社
『信州の歌人たち』　著者・福沢武一。昭和四十八年十二月。信濃毎日新聞社
『信濃のおんな』　著者・もろさわようこ。一九六九年八月。未来社
『近代短歌のふるさと』　信濃毎日新聞社編。昭和四十年十二月
第六『折々のうた』　著者・大岡信。岩波書店。一九八七年四月
『今井邦子の短歌と生涯』　著者・堀江玲子。一九九八年一月。短歌新聞社
「短歌現代」　平成九年十一月号。短歌新聞社
「アララギ」　大正十二年三月号
「潮音」　大正十四年九月号

昭和十八年一月号
昭和三十二年九月号
昭和三十七年一月号
平成八年七月号
平成十年三月号　　など

あとがき

歌誌「樹木」に、平成七年六月号より掲載していただいた「今井邦子の短歌と生涯」が、平成九年二月号で終了したので、主宰の中野菊夫先生のお宅にお伺い致しました。

その折先生は「続いて書きなさい。休んでは駄目だ。」と励ましてくださり、四賀光子の名を挙げられました。「四賀光子という人は、地味だが、稀にみる心豊かな人格者で、しっかりした短歌を作る」など先生のお話を聞いているうち、私は四賀光子の研究をしようと心に決めました。当時私は十数年の間、近代短歌のふるさととも言われる郷里信州の歌人の研究を少しずつ進めていました。今井邦子、若山喜志子と並び同時代をひたすら短歌の道に精進された四賀光子の研究をすることとは、私にとって大きな喜びでした。

平成九年八月五日、鎌倉の東慶寺に太田水穂、四賀光子、太田青丘のお墓参りをした後、筆をおこし「樹木」の十月号より平成十一年六月号まで二十回にわたり「四賀光子研究」を連載させていただきました。今回、思い切ってその時の原稿を『四賀光子の短歌と生涯』と題し出版できますのは、終始温かく見守ってくださいました中野菊夫先生のおかげと深く感謝し御礼申し上げます。なお最終章の「信州三大女流歌人」は、平成十一年十一月二十一日、長野県の「伊那路」

女性会員の集い」(「伊那路」二〇〇〇年二月号)において講演させて頂いたものを書き改めたものです。更めて御礼申し上げます。

研究を進めるにあたっては、できる限り自分の足で歩き実証的に資料を集めたいと思い、まず平成十年三月、長野県諏訪市四賀(旧・四賀村)を訪れました。四賀光子の研究者でもいらっしゃる北沢実(故)先生の御案内により、光子の生家有賀邸跡、四賀小学校、光子の従姉妹の岩波いよしの子、岩波ちまき・岩治氏御姉弟を訪ねて、四賀光子関係の掛軸・色紙短冊、本や写真などさまざまの資料を見せて頂いたりお話を聞くことができました。ここに厚く御礼申し上げます。

また同年十月には、長野県塩尻市の塩尻短歌館、太田水穂生家、塩尻歌碑公園などを見学し、水穂・光子・青丘の歌碑の前にたたずんでまいりました。

四賀光子の稿を重ねていくうちに、私はその精神力の強さ高さ、短歌の道にかけるたゆまない努力と精進に深い感動をおぼえ、自分の短歌人生の鏡と仰ぐようになってまいりました。華やかなもの、目をそばだてるものはないかも知れませんが、地道でひたすらな長い一生の重みに底光りする短歌は、静かに心にしみ入ってきます。

「樹木」に原稿を発表してから、早いもので十五年余りの歳月が経ってしまいました。本書はその時の原稿を若干見直しまとめたものです。従って不十分なところが多く、研究としてはまだたいへん未完成なものですが、自分の高齢を考え出版することに決心いたしました。

本書の表紙カバーには、前著『今井邦子の短歌と生涯』の中野菊夫先生のデザインを使わせていただきました。亡き師に、更めて御礼申し上げます。

校正は、「梢」短歌会の山口治子様にお願い致しました。丁寧に校正していただきありがとうございました。


現代短歌社の社長道具武志様には、本書の出版を快くお引き受け下さり、今泉洋子様には終始たいへんお世話様になりました。心より厚く御礼申し上げます。

また一人一人お名前を記しませんが、いろいろな形で御協力下さいました「樹木」「丹青」などの歌友や友人に深く感謝申し上げます。

皆さま、本当にありがとうございました。

平成二十五年七月

堀江玲子

著者略歴

昭和８年　長野県駒ヶ根市生
早稲田大学第一政治経済学部卒
昭和38年　「樹木」入会。中野菊夫に師事
「樹木」廃刊にともない平成14年「丹青」入会
著書　歌集『向こうの空』『松虫草』『緑の庭』
歌書『信州伊那谷の歌人群像』
『今井邦子の短歌と生涯』
随筆『戦争と信州伊那谷の子ども』
「丹青」編集委員
現代歌人協会会員　日本歌人クラブ会員
平成23年　島木赤彦文学特別賞

四賀光子の短歌と生涯

平成25年９月８日　発行

著　者　堀　江　玲　子
〒202-0014　東京都西東京市富士町6-4-11
発行人　道　具　武　志
印　刷　㈱キャップス
発行所　**現代短歌社**

〒113-0033　東京都文京区本郷1-35-26
振替口座　00160-5-290969
電　話　03（5804）7100

定価2000円（本体1905円＋税）
ISBN978-4-906846-87-0 C0092 ¥1905E